El Puerto

Der Hafen 1

Ein Neubeginn

von

Jaliah J.

Impressum

Alle Rechte am Werk liegen beim Autor
J., Jaliah
El Puerto – Der Hafen 1
Ein Neubeginn

Berlin, Februar 2016
Zweitauflage
Lektorat: Günter Bast, Sirin, Theresa
Cover/Bildgestaltung: Klaud Design – Marie Wölk

Herstellung und Verlag:
BoD - Books on Demand, Norderstedt

ISBN 978-3-7386-4133-2

www.jaliahj.de

Ich wünsche euch allen viel Spaß mit meiner neuen Buchreihe und freue mich, dass ihr mich erneut nach Puerto Rico begleitet.

Öffnet eure Herzen und taucht in eine neue Welt ein.

'Wenn du Puerto Rico einmal in dein Herz geschlossen hast, wird es dich nie wieder loslassen!'

Jaliah J.

El Puerto

DER HAFEN

EIN NEUANFANG

Kapitel 1

»Belinda, würden Sie mir die Akten zu dem Versicherungsfall des Klienten raussuchen? Wir überprüfen mal, ob da nicht etwas geändert werden kann.« Belinda sieht von ihren Unterlagen auf und rollt sich genervt auf ihrem Schreibtischstuhl zum Aktenschrank, um die Unterlagen herauszusuchen. Natürlich tut sie das, es ist ja nur Freitag und sie hat eigentlich seit einer halben Stunde Feierabend.

Belinda wird fündig und schließt den silbernen Aktenschrank wieder. Während sie hinüber in das Zimmer ihres Chefs läuft, fällt ihr Blick auf ihr Handy und sie entdeckt zwei Anrufe von April. Belinda klopft an die Tür und tritt ein. Ihr Chef Mike sitzt dem unsicheren Mann gegenüber, der viel zu spät zu seinem Termin gekommen ist, seinetwegen sind sie jetzt noch alle hier.

Normalerweise wäre es egal, genau wie ihr Chef hat Belinda Freitagabend selten etwas vor und irgendwelche Pläne, doch genau heute hat sie sich dazu überreden lassen, mit April in das neue karibische Restaurant zu gehen, und dann wollten sie noch ins Kino, sich den neuen Liebesfilm ansehen, von dem alle so schwärmen.

»Hier sind die Akten, brauchen sie mich noch? Sonst würde ich langsam ...« Ihr Chef sieht überrascht auf, Belinda würde ihm die Akten am liebsten um die Ohren hauen. Ja, zugegeben, ihr Leben ist nun wirklich keine aufregende Achterbahnfahrt, doch so überrascht sollte er jetzt auch wieder nicht zu ihr sehen. Mike versucht seine Überraschung zu überspielen und räuspert sich. »Nein, wir brauchen nichts mehr. Ein schönes Wochenende und denken sie an den Termin bei der Familie Lautnern am Montag.« Belinda murmelt eine Verabschiedung und hastet noch schnell auf die Toilette, als hätte sie jemals einen Termin vergessen.

Sie arbeitet seit fünf Jahren hier, seit sie mit siebzehn die Schule beendet und die Ausbildung hier begonnen hat. Sie hat nur zwei Tage gefehlt und niemals irgendeinen Termin verpasst, doch noch immer hat sie sich offenbar das Vertrauen ihres Chefs nicht komplett verdient.

Sie bindet sich schnell ihr langes hellbraunes Haar zu einem Pferdeschwanz nach oben. Belinda trägt selten Make-up, immer nur etwas Rouge, Wimperntusche und Lipgloss, doch heute zieht sie sich auch einen dunklen Eyeliner-Strich, der ihre Augen noch mehr zur Geltung bringt. Ihre Mutter hat grüne Augen, Belinda hat sie so oft um diese Farbe beneidet. Ihre Augen sind größer als die ihrer Mutter und mandelförmig. Sie sind hellbraun und haben von dem schönen Grünton ihrer Mutter nur ein paar Sprenkelungen. Wenn sie in die Sonne sieht, dann schafft es das Grün, sich mehr durchzusetzen gegen das Braun.

Deswegen hat Belinda, als sie klein war, so oft es geht die Sonne angesehen. Sie war immer etwas dunkler als ihre hübsche Mama. Sie hat nicht die schönen blonden Haare wie sie und sie hat sich immer gewünscht, mehr wie ihre Mutter auszusehen.

Belinda benutzt ihren neuen roten Lippenstift, den sie sich letzte Woche von ihrem Monatsbonus gegönnt hat. Sie kauft sich selten so teure Schminke, doch ab und zu belohnt sie sich für die viele Arbeit. Belinda streift die schwarzen Strumpfhosen von den Beinen und zieht den schwarzen Bleistiftrock etwas höher. Sie zieht sich die Bluse aus und rückt das schwarze Top darunter gerade, bevor sie schnell an ihren Schreibtisch zurückkehrt und ihre Handtasche und ihr Handy holt.

Während sie auf den Fahrstuhl wartet, ruft sie schuldbewusst April an. »Es tut mir so leid, es ging nicht anders, ich bin aber jetzt unterwegs und in zwanzig Minuten da. Wir sind leider so spät, dass ich vorschlagen würde, wir treffen uns direkt im Kino und gehen danach etwas essen, solange kommen wir mit Popcorn über die Runden. Und bevor du anfängst zu meckern, spare dir lieber die Kraft und bewege deinen hübschen Hintern ins Auto.«

Belinda kneift die Augen zusammen, doch dann lächelt sie erleichtert, als sie Aprils ansteckendes Lachen hört. »Aber nur, weil du meinen Hintern hübsch genannt hast, bis gleich!«

Schon bevor Belinda aus dem gläsernen Hochhaus tritt, in dem das Versicherungsbüro ihres Arbeitgebers liegt, kramt sie ihren Regenschirm hervor. Auch wenn sie nur zwei Straßen weiter geparkt hat, braucht man hier in Portland fast immer einen Regenschirm. »Hat es heute eigentlich schon einmal aufgehört?« Der füllige Wachmann Josh legt seine Zeitung beiseite und lächelt sie an.

»Nein, nicht wirklich, aber ich habe gehört, dass am Wochenende die Sonne rauskommen soll.« Belinda lächelt und sieht auf das ungemütliche Wetter draußen, öffnet den grellgelben Regenschirm, den sie sich als kleinen Farbtupfer in ihrem sonst relativ tristen Leben gekauft hat und lächelt dem freundlichen älteren Mann zu, den sie schon so viele Jahre mehrmals die Woche hier trifft. »Wir beide bleiben immer optimistisch, oder? Ein schönes Wochenende, Josh und genieß' den Sonnenschein.« Sie hört das fröhliche Lachen und winkt noch einmal kurz, bevor sie in den Regen nach draußen tritt. »Dir auch Belinda und hab einen schönen Abend.«

Es dauert noch zwanzig Minuten, bevor Belinda völlig atemlos in der Vorhalle des alten Kinos ankommt, wo ihre beste und auch einzig richtige Freundin April schon mit zwei großen Portionen Popcorn in der Hand und den Kinotickets steht. »Meine Damen, sie müssen sich beeilen, der Film beginnt gleich.« Belinda lacht, als sie April erlöst und ihr einen Kuss auf ihre Wange gibt. Erst kurz vor dem Kinosaal bleibt Belinda verdutzt stehen und sieht noch einmal genau zu ihrer besten Freundin.

»Wo sind deine Locken hin?« April dreht sich vergnügt vor Belinda in ihren roten Hosen und dem weißen Top. Ihre schwarzen Haare, die normalerweise in tausend kleinen Locken bis tief in ihren Rücken fallen, sind nun ganz glatt und wirken viel länger. »Ich habe dir doch von dieser neuen Glättungsmethode erzählt, es ist der Wahnsinn, ich habe vorhin absichtlich keinen Schirm benutzt und sieh doch, alles hält.«

Belinda fasst in das schwere Haar ihrer Freundin und traut ihren Augen nicht. Aprils Vater stammt aus Jamaika und ist dunkelhäutig, ihre Mutter kommt aus Portland und ist sehr hellhäutig. April hat Belinda erzählt, wie sehr sie es gehasst hat, solch ein Mischling zu sein, immer als Mulatte betitelt zu werden und dass sie früher viel damit zu kämpfen hatte. In Belindas Augen ist April einfach nur wunderschön.

Sie hat schöne kleine schwarze Locken. Belinda ist selbst nicht so hell wie ihre Mutter, doch April ist noch einmal dunkler. Sie wurde schon mehr als einmal mit der Sängerin Rihanna verwechselt und Belinda versteht nicht, wieso ihre beste Freundin ständig probiert, etwas an ihrem Aussehen zu ändern. Sie ist perfekt und hat das schönste Gesicht, das Belinda jemals gesehen hat.

Sie hat sie schon so oft versucht zu überreden, sich bei einer Model-Agentur zu bewerben, doch April lacht dann jedes Mal nur und sagt, sie ist glücklich, genau so wie alles ist. Sie hat eine kleine eigene Boutique, die so gut läuft, dass April davon leben kann, mehr will sie gar nicht.

Belinda wird niemals den Tag vergessen, als sie April kennengelernt hat. Ihre Mutter hat einen neuen Job in der Firma ihrer Tante bekommen. Sie hatte gerade die Schule beendet und sie sind zusammen von Detroit nach Portland gezogen und Belinda hat sofort bei Mike im Versicherungsbüro zu arbeiten begonnen. Aus Detroit hat sie nur noch mit ihrer alten Schulfreundin Moni hin und wieder Kontakt. Sie beide waren so verträumt, romantisch, wollten sich etwas bewahren in dieser modernen Zeit und haben sich geschworen, sich regelmäßig Briefe zu schreiben. Das tun sie auch heute noch, ein- bis zweimal im Jahr schreiben sie sich. Auch wenn sie nach fünf Jahren kaum noch Bezug zueinander haben, freut sich Belinda jedes Mal, wenn ein Brief von Moni ankommt.

Sonst ist nichts mehr da, was sie an Detroit erinnert, hier fing alles neu an. Belinda hat viel gearbeitet und kaum Kontakte aufgebaut, bis eines Tages April in ihrem Büro stand und ihr Auto dringend versichern wollte … nachdem sie damit einen Unfall hatte. Belinda hatte Mitleid, hat ihr geholfen und eine Freundin fürs Leben gefunden. Sie hat so oft probiert, ihr die Haare zu glätten und nie hat es geklappt, also bewundert nun auch sie Aprils neue Haarpracht, bis ein Mann die Türen zum Kinosaal schließen will und sie noch schnell hinein huschen.

»Ich befürchte, dass es solche Männer nur in Büchern und im Film gibt, die können gar nicht real sein.« Belinda legt lächelnd die Speisekarte zurück, nachdem sie gerade im Restaurant bestellt haben. »Ich zweifle auch daran, dass mir noch einmal ein richtiger Mann über den Weg läuft, einer der nicht lügt und betrügt. Allerdings war mir der Typ im Film auch zu glatt. Ein Mann muss auch Ecken und Kanten haben.« April stößt mit ihr an und lacht leise. »Solange diese Ecken und Kanten keine Ehefrauen zuhause sind. Lässt Lewis dich endlich in Ruhe?«

Belinda spürt sofort wie ihr warm wird, am liebsten würde sie sich in ein Loch verkriechen, wenn sie den Namen hört. »Gestern hat er zwei Nachrichten geschrieben, er möchte mit mir reden. Ich habe nicht reagiert, am besten sollte ich mir wirklich eine neue Nummer besorgen. Es ist so dreist, dass er es sich überhaupt noch wagt anzurufen.« April greift nach Belindas Hand über den Tisch und drückt sie kurz.

»Süße, jedes Mal wenn ich davon anfange, siehst du mir nicht mehr in die Augen, du weißt doch, dass du keine Schuld hast. Du wusstest von nichts.« Oh Gott, April kennt sie zu gut. Belinda greift nach ihrem Zopf und zwirbelt ihre Spitzen zu Locken, eine Angewohnheit, die sie nicht abstellen kann. »Komm schon April, wenn ich die Geschichte jetzt erzählt bekommen würde, wäre ich die erste, die fragen würde, wie naiv man sein kann.«

Das war sie wirklich und obendrein blind. Sie wollte vielleicht nicht erkennen, was für ein Spiel Lewis treibt, als er vor zwei Monaten in ihrem Büro aufgetaucht ist. Ein Anwalt, groß, dunkel, sexy, etwas älter, doch trotzdem sehr reizvoll. Ein perfekter Gentleman, aber Belinda, die zwar hier und da was mit irgendwelchen Collegetypen hatte, aber nie etwas längeres oder festes, hat sich viel zu leicht um den Finger wickeln lassen.

Lewis war nur da, um nach einem Wasserrohrbruch in seiner Kanzlei einiges wegen der Versicherungen zu klären, doch nach zwei Besuchen und innigem Augenkontakt hat er sie zum Essen eingeladen. Belinda hätte es niemals ausgeschlagen. Sie ist niemand, der jemals viel Geld hatte, ihr hat es nie an etwas gefehlt, doch ihr war und ist Luxus nicht so wichtig. Allerdings kann sie nicht abstreiten, dass es sie beeindruckt hat, als Lewis sie in seinem weißen Porsche abgeholt und genau vor ihrem kleinen schwarzen Mini geparkt hat.

Sie braucht sich nichts vorzumachen. Belinda war von Anfang an fasziniert von Lewis, seinem Leben, seinem Erfolg, seiner Selbstsicherheit, die Art wie er sie angesehen hat, immer mit einem gewissen Hunger nach ihr in den Augen. Sie haben tolle Gespräche geführt beim ersten Essen. Er hat ihr erzählt, dass er bereits verheiratet war und zwei kleine Kinder hat, was sie sofort abgeschreckt hat. Doch er ist bereits dreißig und es ist nicht verwunderlich, dass sein Leben bereits ausgefüllter ist als ihres. Die acht Jahre Altersunterschied haben sie nicht abgeschreckt, sein Leben schon. Doch er wurde nicht müde, ihr zu erklären, dass er und seine Frau in Trennung leben, er hat ihr sogar die Papiere gezeigt, die schon vorbereitet wurden.

Wäre sie diejenige, die diese Geschichte gehört hätte, würde auch sie jetzt sagen, warum hast du nicht gewartet bis sie wirklich geschieden waren? Wieso hast du nicht einmal mit der Frau geredet, irgendetwas getan? Doch Belinda war diejenige, die von Lewis umgarnt wurde, er hat ihr so oft Blumen ins Büro geschickt, sie ausgeführt, viel zu sehr verhindert, dass sie sich Sorgen machen musste.

Als in ihrem Wohnhaus Schimmel entdeckt wurde, hat er ihr geholfen, alles zusammenzupacken und zu ihrer Mutter zu bringen, wo sie untergekommen ist, solange wie die Renovierung dauern würde. Warum hat Belinda da nicht nachgefragt? Sie haben sich immer in einem Hotel getroffen, er wohnte dort, bis er etwas Neues gefunden hat. Wieso hat sie nie genauer nachgeforscht?

Am Anfang stimmte das alles sicherlich auch, doch Belinda hat sich viel zu wohl gefühlt, wenn sie ihm nah kam, war viel zu anfällig für seine Lügen, sodass sie erst jetzt vor zwei Wochen zufällig erfahren hat, dass er inzwischen wieder zuhause lebt und seine Frau das dritte Kind erwartet. Sie ist von einem Flirt in der Trennungszeit zu einer Affäre in der Versöhnungszeit mutiert und hat nichts davon gemerkt.

Erst das Ultraschallbild in seinem Portemonnaie hat ihr die Augen geöffnet und ihm eine rote Wange beschert. Seitdem will er sie dazu überreden ihn anzuhören, doch Belinda wird seinen Lügen nie wieder glauben. Sie fühlt sich schlecht und hat ein schlechtes Gewissen gegenüber seiner Frau, auch wenn sie es nicht wusste, hätte sie nicht so naiv sein dürfen.

»Ich glaube, wir sind dazu verdammt, an Arschlöcher zu geraten, weil wir keine richtigen Väter haben, kein Vorbild in Sachen gesunder Beziehung und all das, was Psychologen jetzt so berichten würden.« Ihr Essen wird gebracht und Belinda sieht zufrieden auf ihr duftendes Kokoshähnchen. »Du sagst es, aber immerhin hast du deinen Vater schon einmal gesehen. Das bedeutet, du bist vielleicht nicht ganz so gestört wie ich.« Dies ist noch eine Sache, die Belinda und April verbindet. Keine von ihnen hat einen Vater, doch klar, einen Erzeuger müssen sie haben, aber sie sind ohne Vater groß geworden.

Aprils Mutter hat aber mit ihrem Vater zusammengelebt, bis April drei war. Als sie dann mit Aprils Bruder schwanger war, ist er abgehauen und nie wieder aufgetaucht. April ist der Meinung, ihn in letzter Zeit hin und wieder auf der Straße zu sehen, doch ganz sicher, ob er es ist, ist sie sich dann doch nicht. Belinda hingegen weiß nichts von ihrem Vater, wirklich gar nichts, noch nicht einmal einen Namen. Sie war immer mit ihrer Mutter allein. Als sie kleiner war, im Kindergartenalter und sich gefragt hat, wieso sie keinen Vater hat, der sie abholen kommt wie alle anderen, hat ihr ihre Mutter gesagt, dass sie darüber sprechen werden, wenn sie älter wird.

Als sie dann älter war, hat Belinda den Schmerz in den Augen ihrer Mutter bemerkt, wenn sie auch nur den Ansatz gemacht hat, etwas zu ihrem Vater zu fragen. Belinda liebt ihre Mutter, sie wollte ihr nie wehtun und hat niemals mehr danach gefragt, sie schiebt es immer wieder auf. Alles was sie weiß ist, dass ihre Mutter fast ein halbes Jahr in Puerto Rico gelebt hat. Aber auch das weiß sie nur, weil ihre Oma und ihr Opa manchmal davon gesprochen haben und jedes Mal war da wieder dieser Schmerz in den Augen ihrer Mutter.

16

Ihre Großeltern waren wohl sehr sauer wegen dieser Zeit auf ihre Mutter, doch sie haben sich irgendwann wieder vertragen. Belinda hat ihre Oma und ihren Opa sehr geliebt, es waren ihre einzigen Verwandten, es gibt sonst niemanden mehr. Ihre Mutter war Einzelkind. Sie hat keine Tanten oder Onkel.

Als vor zwei Jahren erst Opa und dann Oma gestorben sind, haben Belinda und ihre Mutter alles verloren, was zu ihrer Familie gehört hat. Jetzt haben sie nur noch sich, April und die beste Freundin ihrer Mutter, Laura, die schon immer an der Seite ihrer Mutter stand. Belinda nennt sie Tante Laura. Sie lebt mit ihrer Mutter zusammen in einem kleinen Häuschen am Stadtrand, in dem jetzt auch provisorisch Belinda mit eingezogen ist, bis ihre Wohnung wieder bewohnbar ist, oder sie eine neue gefunden hat.

Ihre Mutter und Tante Laura machen alles zusammen, nur sie hat Belinda nach ihrem Vater gefragt, doch sie hat ihr gesagt, das müsse ihre Mutter ihr erzählen. Alles, was ihr Tante Laura dazu erzählt hat, war, dass ihre Mutter ihren Vater wohl sehr geliebt hat, immer noch liebt und dass es ihr das Herz bricht, über ihn zu sprechen. Vielleicht ist es auch das, was Belinda bis jetzt davon abhält, weiter nachzufragen. Sie will ihre Mutter nicht leiden sehen, denn wäre er ein toller Vater, hätte er sich sicherlich einmal bei ihr gemeldet. Wenigstens darin hat sich Belinda nie etwas vorgemacht.

»Sag mal, ist es jetzt ganz klar, dass ihr nicht mehr in die Wohnungen zurück könnt?« Noch ein Problem, momentan läuft wirklich alles schief. »Ja, vor zwei Tagen haben sie angerufen, das neue Gutachten hat gezeigt, dass das Schimmelproblem doch größer ist als angenommen. Ich kann fast alle meine Möbel wegschmeißen und das Ganze dauert über ein Jahr. Ich muss nach einer neuen Wohnung suchen, wenigstens bekomme ich eine kleine Entschädigung, die kann ich gut als Kaution gebrauchen, ich bin absolut pleite.«

April lacht und hebt ihr Glas. »Sonst zieh bei mir ein, wir gründen eine WG. Ich falle auch immer auf Arschlöcher rein und bin auch immer pleite, du weißt doch, dass du meine Seelenschwester bist.« Nun muss auch Belinda lachen und stößt mit April an. »Nichts gegen deine Wohnung, aber solange dein pubertierender Bruder bei dir wohnt und ständig dieses Zeug raucht, suche ich nach was ganz Neuem, aber du bist immer willkommen.« April stimmt in ihr Lachen ein.

Belinda sieht ihrer besten Freundin in die Augen und weiß, dass sie in ihr mehr als nur eine Freundin gefunden hat, sie ist wirklich wie ihre Schwester und Belinda ist froh sie zu haben. Sie verbringen noch einen schönen Abend und es wird spät.

Auf dem Weg nach Hause beschließt sie, dass sie sich wieder öfter mit April treffen muss, sie kann nicht immer nur arbeiten. Schon von Weitem sieht sie, dass es im Haus ihrer Mutter und ihrer Tante Laura dunkel ist, sie blickt auf die Uhr.

Die beiden schlafen sicherlich schon. Sie waren heute in Seattle, um für ihre Firma einige Großeinkäufe zu erledigen, sie arbeiten beide in der Produktion der Firma. Sie werden bestimmt schon lange im Bett liegen.

Belinda parkt und geht leise zur Haustür.

»Wohnen sie hier? Sind sie Belinda Mason?« Belinda schreckt zusammen, als plötzlich zwei Polizisten aus einem Streifenwagen steigen, den sie überhaupt nicht bemerkt hatte. »Ja, also ich meine, meine Mutter wohnt hier und ich zur ... worum geht es genau?« Der Blick des Polizisten ändert sich und Belindas Magen beginnt unruhig zu rumoren.

»Könnten wir vielleicht zu Ihnen ins Haus und in Ruhe sprechen? Wir haben leider keine guten Nachrichten für Sie, es gab
einen Unfall.«

Kapitel 2

»Mein herzliches Beileid!«

Mechanisch schüttelt Belinda die Hände der paar Leute, die auf der Beerdigung waren. Einige Arbeitskollegen waren da, eine ältere Freundin ihrer Mutter aus Detroit, zwei Bekannte ihrer Tante Laura. Belinda blickt auf die beiden frisch geschlossenen Gräber mit den weißen Kreuzen darauf, die das Bild ihrer Mutter und von Laura tragen.

Sie kann es noch immer nicht begreifen, will nicht verstehen, dass beide tot sind. Auf dem Rückweg aus Seattle ist ihr Wagen auf der nassen Fahrbahn ins Schleudern geraten und sie sind gegen einen Baum gefahren. Alle Hilfe kam zu spät.

»Belinda, mein herzliches Beileid.« Sie erschrickt, als sie eine ihr vertraute Stimme hinter sich hört und wendet sich zu Lewis um. Sobald sie in sein Gesicht sieht und auf seinen mitfühlenden Blick trifft, fährt ihr eine ungeheure Wut in die Adern. »Was tust du hier? Woher weißt du von der Beerdigung?« Vielleicht war sie zu laut oder ihre Worte zu scharf, denn augenblicklich steht April neben ihr, die sich gerade noch mit dem Priester unterhalten hat.

»Ich wollte dich nicht verletzten, Belinda, ich war vorgestern im Versicherungsbüro und habe erfahren, dass du entlassen wurdest. Nebenbei hat mir Mike erzählt, dass deine Mutter verstorben ist und du jetzt die zweite Woche ohne Krankschreibung oder sonstiges der Arbeit ferngeblieben bist und er dich deshalb entlassen hat ...«

Belinda schließt die Augen. »Nach fünf Jahren, in denen ich alles für seine Firma getan habe, ja sogar bei der Beerdigung seiner Großmutter eine Woche lang komplett für ihn eingesprungen bin, hat er mir nicht einmal einen Tag Urlaub geben wollen, damit ich mich um verschiedene Angelegenheiten kümmern kann, die ich jetzt zu erledigen habe. Auf so einen Arbeitgeber kann ich verzichten!«

Lewis nickt verständnisvoll, seine dunklen Augen fahren ihr Gesicht ab. »Absolut. Und rein rechtlich kannst du da einiges tun, generell denke ich, könntest du meine Hilfe gebrauchen. Wenn du möchtest, kann ich mir das Testament kommen lassen und morgen alles mit dir besprechen, wie es jetzt weitergeht, was du tun kannst und solltest ...« Als April etwas sagen möchte, hebt Lewis die Hand. »Sieh es einfach als Wiedergutmachung, ich tue es gerne. Wenn ich wenigstens etwas Hass von dir mir gegenüber damit wieder mindern kann, reicht mir das schon vollkommen.«

Belinda weiß, dass sie einen Anwalt brauchen wird. Die ganzen letzten zwei Wochen ist ihr alles über den Kopf gewachsen und wenn sie genau darüber nachdenkt, hat Lewis recht. Er schuldet ihr etwas, mehr als das, nachdem er sie ohne ihr Wissen zu seiner Affäre gemacht hat. »Okay, ich werde morgen vorbeikommen.« Lewis hält ihr die Hand hin. Als sie diese ergreift, umschließt er mit seiner anderen Hand ihre und sieht ihr aufrichtig in die Augen. »Es tut mir wirklich leid, Belinda. Ich weiß, dass du jetzt alles verloren hast und ich fühle von Herzen mit dir.«

April räuspert sich. »Du taktloses Arschloch!« Lewis hebt die Arme, als Belinda ihm seine Hand entzieht. »Wieso taktlos? Ich meine das absolut ernst.« Belinda ignoriert das weitere Gespräch der beiden, als es plötzlich zu regnen beginnt. Sie hockt sich vor die beiden Gräber und legt ihre Hand auf die frische Erde, die nach und nach feuchter wird. Sie würde am liebsten mehrere Regenschirme über die Gräber halten, so wie April jetzt einen über sie aufspannt, doch sie weiß, dass es unsinnig wäre.

Es bringt nichts, ihre Mutter und ihre Tante spüren nichts mehr, keine Kälte, keine Schmerzen. Belinda kann es noch immer nicht begreifen. Als die Polizisten ihr von dem Unfall erzählt haben, ihr erklärt haben, dass ihre Mutter und Laura keine Schmerzen hatten, sie sofort tot waren, aber niemand mehr etwas tun konnte, hat sie die Worte verstanden, doch nicht begriffen.

Belinda ist zwei Tage bei ihnen im Haus geblieben, ohne zu weinen, ohne Reaktion, so, als hätte sie darauf gewartet, dass sie einfach wieder zur Tür herein kämen. April hat sie dann gefunden und sich um sie gekümmert. An ihrer Schulter ist Belinda dann zusammengebrochen, denn da hat sie begriffen, dass sie nicht mehr kommen werden, und trotz allem kann sie es auch hier und jetzt an ihren Gräbern nicht begreifen, will es einfach nicht wahrhaben.

»Komm Süße, wir gehen, du brauchst Ruhe!« Nein, es ist sicherlich das Letzte, was Belinda jetzt braucht, sie hat eher zu viel Ruhe, doch sie steht auf und geht mit ihrer besten Freundin zu deren Auto. Sie sind allein, auch von Lewis ist nichts mehr zu sehen. Dieses Gefühl der Einsamkeit sitzt Belinda, seitdem sie vom Tod ihrer Mutter erfahren hat, tief in den Knochen.

Auch wenn es sich hart anhört, hat Lewis absolut recht. Belinda war noch nie jemand, der sich etwas vorgemacht hat. Sie hat niemanden mehr. Keine Verwandten, keinen Mann, keine Familie, April ist die einzige Person, auf die sie sich verlassen kann. Belinda hatte nie viel, doch immer war ihre Mutter an ihrer Seite, aber nun fühlt sie sich schwerelos, ohne Halt, sie hat keine Wohnung mehr, keine Arbeit und diese tiefe Trauer in ihr raubt ihr auch noch ihren Atem.

Belinda findet sich bei April auf der Couch wieder, der jüngere Bruder ihrer besten Freundin sieht sie mit einem Gemisch aus

Neugierde und Mitleid an. Eine Decke ist um Belinda gelegt, dabei hört sie, wie April im anderen Zimmer telefoniert. Sicherlich mit einer Aushilfe, die sich zur Zeit um Aprils Boutique kümmert. Ihre beste Freundin ist die ganze Zeit an ihrer Seite geblieben, doch Belinda weiß, dass dies kein Dauerzustand sein kann.

Belinda greift nach ihrem Handy. Es ist eine Angewohnheit, regelmäßig darauf nachzusehen, ob sich jemand gemeldet hat, ihre Mutter oder Laura, die Arbeit. Sie muss sich daran gewöhnen, dass es keinen solchen Anruf oder keine Nachricht mehr geben wird. »Hi, ich wollte gerade etwas zu essen machen, geht es dir besser? Ich muss morgen wieder in die Boutique, aber abends können wir uns dann zusammen mit Lewis treffen und gucken, was jetzt noch zu tun ist, wie du ... weitermachen möchtest und alles andere.«

April stellt eine Kanne mit rotem Früchtetee auf den Tisch. Ihr Bruder sieht nur kurz von dem Ballerspiel auf dem Bildschirm weg zu ihnen, doch im nächsten Augenblick jagt er schon wieder irgendwelche Gangster mit seiner Spielfigur.

»Nein April, danke, wirklich. Ich werde mich morgen früh endlich aufraffen, ich muss wieder unter Leute und versuchen, mein Leben in den Griff zu bekommen. Ich gehe zu Lewis und zu Mike und kümmere mich um alles.« April schüttelt den Kopf. »Ich weiß nicht, ob das so eine gute Idee ist, Lewis hat dich heute angesehen, als würde er dich direkt auffressen wollen.«

Belinda lächelt matt und April schlägt sich die Hand vor den Mund. »Mach das nochmal!« Nun muss Belinda wirklich lächeln und schüttelt den Kopf. »Du bist verrückt und du brauchst dir keine Sorgen zu machen, ich bin mittlerweile immun gegen diesen Mann.« April zieht eine Augenbraue hoch, bevor sie zurück in die Küche geht. »Wenn man so durcheinander und in Trauer ist, ist man leichter angreifbar und verletzbarer, denk einfach morgen daran, Süße.«

Belinda denkt wirklich noch einmal an Aprils Worte, als sie am nächsten Vormittag vor dem Büro von Lewis parkt. Sie klappt ihren Spiegel herunter. Es ist merkwürdig, sie hat das Gefühl, dass ihre Welt aufgehört hat sich zu drehen, dass sie einmal durch die Hölle gelaufen ist und noch ein ganzes Stück an Weg vor sich hat. Und doch sieht sie aus, als wäre nichts passiert. Belinda streicht über ihre Haut, ihre Lippen, außer den etwas dunkleren Rändern unter ihren Augen hat sich nichts verändert. Sie klappt den Spiegel wieder zu, zieht sich die Strickjacke über ihrem Top und der Jeans fest zu und eilt in das ihr bereits vertraute Gebäude.

Es hat noch nicht geregnet, es scheint sogar ein wenig die Sonne. Fast jeder, der ihr entgegenkommt, hat ein Lächeln im Gesicht. Belinda fragt sich, ob es viele hier gibt, die schon einmal jemanden verloren haben, den sie so sehr geliebt haben wie sie. Natürlich haben das bestimmt viele, doch Belinda fragt sich, ob sie jemals über diesen Verlust hinwegkommen wird. Hört der Schmerz auf, oder lernt man nur damit zu leben?

Vollkommen in Gedanken vertieft tritt sie zum Empfang vor dem Büro im elften Stockwerk. Als sie mit Lewis zusammen war, hatte er eine hübsche junge Blondine als Sekretärin, jetzt lächelt sie eine füllige ältere Dame an und fragt nach ihrem Namen und ob sie einen Termin hat. »Belinda Mason, nein, ich habe keinen Termin ….« Plötzlich geht die Tür zu Lewis' Büro auf. Er erscheint und breitet die Arme aus. »Miss Mason, wie schön, dass Sie es doch geschafft haben. Trista, bringen Sie bitte zwei Cappuccino. Für die nächste Stunde habe ich eine wichtige Besprechung und möchte nicht gestört werden. Kommen Sie bitte in mein Büro, Miss Mason.«

Belinda würde am liebsten einfach nur den Kopf schütteln, doch sie sagt nichts dazu und folgt Lewis in sein Büro. Sie setzt sich wie eine richtige Klientin ihm gegenüber an seinen braunen massiven Holzschreibtisch. Lewis lehnt sich entspannt in seinem Ledersessel zurück und lockert seine rote Krawatte. Er ist ein hübscher Mann, auch jetzt noch, mit all dem Wissen über ihn findet Belinda ihn noch anziehend. Doch das erste Mal sieht sie ihn anders an, sie bemerkt seine Falten, sieht seine ersten grauen Haare und besonders den Ehering an seinem Finger.

»Ich freue mich wirklich, dass du gekommen bist, Belinda. Ich habe mich bereits gestern an die Arbeit gemacht.« Seine Sekretärin kommt, nachdem sie angeklopft hat, ins Zimmer und stellt zwei Tassen mit duftendem Kaffee und viel Milchschaum hin. »Trista, können Sie bitte die zwei Testamente holen, die mir heute früh zugeschickt wurden?« Die ältere Frau nickt und eilt wieder hinaus. »Immer noch zu viel Zucker?« Lewis lächelt und reicht ihr einige Zuckerbeutel.

Belinda nickt und süßt den Kaffee. Beim Rühren in der Tasse muss sie an ihre Mutter denken, sie ist der einzige Mensch, den Belinda kennt, der niemals Kaffee getrunken hat, wirklich niemals. Ihr hat der Geschmack nie zugesagt. Erst als Belinda mit siebzehn angefangen hat, Kaffee zu genießen, gab es in ihrem Haus eine Kaffeemaschine.

Trista bringt eine dünne Akte. Als sie die Tür schließen möchte, sieht Lewis ihr noch einmal hinterher. »Und wie gesagt, ich möchte nicht gestört werden.« Belinda räuspert sich, doch bevor sie etwas sagen kann, beginnt Lewis bereits.

»Ich habe mich um einige Dinge gleichzeitig gekümmert. Zuallererst haben wir hier zwei Testamente, die auch am selben Tag abgeschlossen wurden.« Belinda erinnert sich daran. Auf einem Straßenfest haben ihre Mutter und ihre Tante sich breitschlagen lassen, solch ein Testament anzulegen, sie ist in der Zeit etwas essen gewesen. Sie fand allein den Gedanken daran furchtbar und hätte zu diesem Zeitpunkt niemals daran gedacht, dass sie knapp zwei Jahre später hier sitzen und diese Papiere betrachten würde.

»Keine, weder deine Mutter noch Laura, haben weitere Angehörige, was die ganze Sache erheblich vereinfacht ...« Er sieht ihr kurz ins Gesicht. »Ich meine ... also dafür ist es ...« Belinda hebt die Hand. »Schon gut.« Lewis räuspert sich. »Bei beiden, auch bei Laura, bist du als einzige Erbin eingetragen. Beide haben nicht viel, sie haben beide auf Sparkonten eine kleine Summe, das Haus ist noch mit Schulden belastet, heute morgen habe ich ein Abkommen mit der Firma getroffen. Das Haus muss in zwei Wochen geräumt sein, dann erlassen sie die Hälfte der noch ausstehenden Kosten. Das ist wirklich gut. Im Testament steht, dass du dir von Möbeln und allem anderen nehmen kannst, was du möchtest, der Rest soll an eine Wohltätigkeitsorganisation gehen 'flying birds' ...«

Belinda steigen Tränen in die Augen. »Ja, da haben die beiden öfters mitgeholfen. Es ist eine Organisation, die sich um Einwanderer kümmert, sie umsonst unterrichtet, ihnen bei Behördengängen hilft, lauter solche Sachen.« Lewis nickt. »Ich habe auch mit ihnen geredet. In zwei Tagen holen sie alles aus dem Haus, was du nicht haben möchtest, so hast du da nichts mehr, worum du dich kümmern musst. Ich habe auch mit Mike gesprochen und ihm gesagt, dass wir über eine Klage nachdenken. Er weiß sicherlich, dass es nicht viel wäre, was wir erreichen können, doch er hat dir 5000 Dollar als Entschädigung angeboten.

Ich habe zugesagt, da ich weiß, dass wir da nicht mehr herausholen können. Wie hoch belaufen sich die Kosten für die Beerdigung?« Belinda schluckt schwer. Sie musste so einiges bezahlen, den Transport aus Seattle, die Gräber. Sie hat nicht geahnt, wie teuer all das ist und dann auch noch für zwei Personen, sie hat sich ja niemals mit so etwas beschäftigt.

»Ich muss 15.000 zahlen.« Lewis kritzelt auf einem Papier herum. »Mit dem geerbten Geld, der Entschädigung und dem Rest an Schulden für das Haus bleiben dir am Ende 1000 Dollar übrig. Ich weiß, dass es nicht viel ist, doch oft bleibt man nach so einem Verlust auf einer Menge Schulden sitzen. Ich bin froh, dass wir das vermeiden konnten.«

Belinda nickt und wischt sich eine Träne weg. Sie weiß, es muss sein, doch es fällt ihr schwer, so sachlich über all das zu sprechen. »Hey, am besten du fährst in Ruhe in das Haus, holst dir alles, was du an Erinnerungen haben möchtest, ich kümmere mich um den Rest. Morgen hast du das Geld auf deinem Konto und all das liegt hinter dir, du kannst nach vorne blicken, okay?«

Belinda versucht krampfhaft, die Fassung zu wahren, doch diese schrecklich sachliche Art, dieses formale Abhandeln des Todes trifft sie hart. Sie wischt sich die Tränen weg, die nicht mehr aufzuhalten sind und kämpft gleichzeitig gegen die anderen. Belinda kramt nach einem Taschentuch in ihrer viel zu großen Handtasche und hört, wie Lewis sich erhebt. Dann spürt sie seine Hand auf ihrer Schulter und eine Packung mit Papiertüchern wird ihr hingehalten. »Danke.«

Noch während sie sich eines nimmt, erhebt sie sich. Je länger sie hierbleibt, umso größer ist die Gefahr für einen kompletten Zusammenbruch. Lewis muss ihre Geste falsch verstanden haben. In dem Moment, als sie sich erhebt, zieht er sie in seine Arme. »Es tut mir wirklich leid, Belinda, wenn ich noch irgendetwas tun kann, lass es mich bitte wissen.«

Belinda hat sich wohl gefühlt bei Lewis, dass da Gefühle im Spiel waren, würde sie nicht wirklich behaupten, doch sie war gern mit ihm zusammen. Als sie sich jetzt in seinen Armen wiederfindet, den vertrauten Geruch des Parfüms an sich, welches er immer trägt, schließt sie einen Moment die Augen. In all dem Gefühlschaos gibt es ihr einen vertrauten Halt, den sie jetzt so bitterlich gebrauchen kann.

»Nein, danke, wirklich. Du hast mir schon genug geholfen, danke für deine Mühe, Lewis.« Belinda spürt, wie er in ihre Haare greift und sie noch enger an sich drückt. »Verzeih mir, Belinda, du hast so eine Behandlung nicht verdient.« Oh nein, sie sollten jetzt nicht …

Sie spürt, wie er sich etwas entfernt, seinen Atem an ihrer Wange, spürt, wie er an ihren Haaren und ihrem Gesicht riecht. »Es fällt mir so unheimlich schwer, auf dich zu verzichten …« Sein Atem ist schneller, auch Belinda fehlt ein wenig die Luft, denn dieses neue Gefühl, was sich gerade in ihr aufbaut, vertreibt die Kälte, die so lange in ihrer Brust herrscht.

»Dein süßer Duft fehlt mir …« Lewis' Nase berührt ihre und ehe sie reagieren kann, spürt sie seine vertrauen Lippen auf ihren. Ihr Magen zieht sich zusammen, andere Gefühle treten in den Vordergrund und Belinda wird gierig, gierig danach, die Kälte zu vertreiben. Ihre Hände fahren in seine Haare und sein Kuss wird fordernder.

Er trennt sich von ihren Lippen und küsst ihren Hals entlang. Belinda entfährt ein Keuchen, als er über ihre Brust streichelt. »Du bist eine ganz besondere Frau, Belinda, du wirkst wie eine Droge, man kann nicht von dir lassen. Deine Haut ist so cremig …« Er fährt unter ihr Top. Belinda stöhnt auf, als er sie grober an sich zieht. »Fang bei mir an zu arbeiten, Belinda, ich zahle dir alles was du willst, ich miete dir ein Apartment, ich kann nicht mehr auf dich verzichten, meine Schöne. Deine Brüste, dein Arsch, deine Lippen sind der Wahnsinn …« Er umfasst ihren Hintern und hebt sie hoch. Belinda stockt.

So gut sich all das anfühlt und so sehr es sie auch vergessen lässt, Belinda kann noch klar genug denken. In dem Moment, als er sie auf seinen Schreibtisch setzt, fällt ein Bild herunter, was ihn und seine Frau auf ihrer Hochzeit zeigen.

Belinda schließt die Augen und entreißt sich diesem Rausch. Als sie sich von Lewis losmachen möchte, packt er sie härter an. »Herrgott, Lewis!« Belinda schubst ihn von sich und das wirkt. »Es ... ich werde mich dafür jetzt nicht entschuldigen, ich stehe zu meinen Worten, fang an hier ...« Belinda verdreht genervt die Augen, rückt ihre Sachen zurecht und geht zur Tür. »Danke für deine Hilfe.« Als sie die Tür öffnen möchte, blickt sie nicht noch einmal zurück.

»Melde dich wegen des Jobangebotes!«

Kapitel 3

April hat vollkommen recht, sie ist viel zu anfällig im Moment. Belinda fährt direkt in das Haus, das ihre Mutter und Laura bewohnt haben und wo auch sie bis zu dem Unfall gelebt hat, da ihre Wohnung nicht bewohnbar war. Schon in der Einfahrt bleibt Belinda mehrere Minuten stehen und sieht auf den Platz, an dem die Polizisten sie abgefangen haben und denkt darüber nach, wie sehr sich von da an alles geändert hat.

Es dauert, bis Belinda ins Haus kommt, und dort würde sie am liebsten sofort wieder umdrehen. Alles hier erinnert sie an ihre Mutter und Laura. An die vielen Nachmittage, die sie hier zusammen verbracht haben, einfach alles hier trifft sie mit voller Wucht.

An dem Tag, als der Unfall war, hat ihre Mutter nicht ihren Lieblingsanorak getragen. Belinda nimmt jetzt den roten Mantel und streift ihn über. Er riecht noch nach ihr. Belinda beginnt zu weinen, als sie in die Taschen greift und noch einige von den Lieblingsbonbons ihrer Mutter findet und eine abgerissene Kinokarte.

Sie arbeitet sich weiter vor. Wie soll sie bloß entscheiden was sie braucht? Was sie behalten möchte als Andenken. Im ersten Moment denkt sie daran, alles mitnehmen zu wollen, doch je weiter sie sich vorarbeitet, desto mehr spürt sie, dass es nicht so ist. In der Küche schreitet sie alles ab, sieht in alle Schränke, doch sie nimmt nur eine große Schüssel mit, die sie mit dreizehn Jahren aus Ton hergestellt hat.

Belinda hat es gehasst, aber ihre Mutter hat ihr versucht zu helfen, doch der Tonklumpen sah auch am Ende alles andere als nach einer Schüssel aus. Laura hat ihnen geholfen und zum Schluss kam dieses weiße Gefäß heraus, das ihr eine Note drei eingebracht hat und von den beiden Frauen nie entsorgt wurde. Sie haben die Schüssel mit Blumen und Herzen verziert. Belinda weiß noch immer ganz genau, wer was gemalt hat. Die Schüssel legt Belinda als erstes in den großen Umzugskarton, den sie aus einer Ecke hervorgeholt hat, wo sie ihn erst vor Kurzem hat stehen lassen, als sie aus ihrer Wohnung einige Dinge in das Haus gebracht hat, um einige Wochen hier zu leben.

Sie arbeitet sich weiter vor, nimmt ein Bild ab, was ihre Mutter und Laura lachend auf einer Vernissage zeigt. Den Rest kann die Organisation haben. Belinda würde es gar nicht übers Herz bringen, irgendwelche Sachen hieraus zu benutzen und bevor alles wegkommt, sollen arme Menschen davon etwas haben.

Auch im Wohnzimmer kommen nur zwei, drei Lieblingsbücher ihrer Mutter dazu, einige alte Videos, die ihre Mutter gemacht hat, die Patchworkdecke, die Laura und ihre Mutter über zwei Jahre zusammen erstellt haben, drückt Belinda an sich. Sie ist riesig und zeigt alle Länder, die sie bereist haben oder die sie noch sehen wollten. Sie hat einige Bilder von Belinda als kleines Kind, einige wichtige Aufnahmen aus beider Leben. Belinda riecht an der Decke und legt sie in die Kiste.

Im Bad findet sie neben all dem Modeschmuck nur die goldene Kette, die ihre Mutter zu ganz besonderen Anlässen getragen hat. Sie hat sie damals zur Kommunion bekommen, es ist ein feines goldenes Kreuz, ihre Mutter hat diese Kette immer geliebt. Als Belinda sie sich jetzt um den Hals legt, verliert sie erneut den Kampf gegen die Tränen. Sie riecht am Lieblingsparfüm ihrer Mutter, lässt es aber stehen.

Sie geht nur kurz in das Schlafzimmer von Laura. Auch wenn sie sich nahe standen, findet es Belinda nicht richtig, dort herumzuschnüffeln. Im Garten nimmt sie den kleinen Frosch, der immer auf der Veranda stand. Die beiden waren der Meinung, dass sie irgendwann dadurch noch ihren Traumprinzen wachküssen könnten. Belinda geht an den kleinen Schreibtisch, der ihnen als Büro gedient hat und sieht sich dort viele Unterlagen an, doch es ist nichts wichtiges dabei. Rechnungen, Papiere, Bescheinigungen, Belinda nimmt sich ihre Geburtsurkunde und überfliegt den Satz 'Vater unbekannt'. Sie findet Konzertkarten für eine spanische Sängerin, die ihre Mutter sehr gemocht hat.

Ihre Mutter konnte perfekt spanisch sprechen, auch wenn sie, außer dass sie einige Monate in Puerto Rico gelebt hat, keinen Bezug zu der Sprache hatte. Trotzdem hat sie von Anfang an darauf geachtet, dass Belinda die Sprache ebenfalls erlernt. Belinda hat sich immer vorgestellt, dass ihr Vater sicher spanisch spricht. Das würde auch erklären, wieso sie so viel dunkler als ihre Mutter ist, wenn auch nicht ganz so dunkel wie eine Puertoricanerin.

Belinda hat nie genug vom Spanischunterricht bekommen, mittlerweile kann sie es sogar besser als ihre Mutter ... es konnte. In diesen Stunden hat sie sich ihrem Vater nah gefühlt, obwohl sie nie in Erfahrung bringen konnte, ob ihre Vermutung stimmt.

Zuletzt geht sie in das Schlafzimmer ihrer Mutter und reibt sich die Arme, weil ihr plötzlich so kalt ist. Belinda sieht in den Kleiderschrank. Ihre Mutter war jung, als sie mit ihr schwanger geworden ist, einundzwanzig, noch jünger als sie jetzt. Sie ist eine bildschöne und moderne Frau gewesen.

Belinda weiß, dass sie sich ein paar Mal mit Männern getroffen hat, doch Laura hat ihr immer gesagt, ihre Mutter würde niemals aufhören, ihren Vater zu lieben. Belinda hat es nie verstanden, all das nicht, und jetzt ist es zu spät zu fragen. Sie kramt in Schubladen herum und findet einige Fotoalben, die sie alle einpackt. Den XXL-Lieblingspullover ihrer Mutter und das etwas schiefe Kissen, welches sie in ihren ersten Nähversuchen fabriziert hat. Den Bilderrahmen mit einem schönen Bild von Belinda und ihr vor ungefähr zwei Monaten.

Belinda streicht über das Bild. Hätte sie geahnt was kommt, hätte sie ihre Mutter damals nie aus ihren Armen entlassen. Wie soll sie jetzt ohne sie leben? Wieso ist das Leben so grausam? Belinda will gerade aus dem Zimmer gehen und das Haus verlassen, da fällt ihr Blick auf eine graue Schachtel auf dem Schrank. Es sind weiße Ranken am Rand und Belinda weiß, dass sie diese Kiste kennt. Sie holt einen Stuhl und zieht die Kiste vom Schrank herunter.

Belinda kann die Kiste nicht zuordnen, doch sie kennt sie, da ist sie sich ganz sicher. Vielleicht war sie noch sehr klein, aber sie hat diese Kiste schon gesehen. Ihr Herz schlägt schneller, als sie die Kiste öffnet, vielleicht ahnt sie, dass sich hier etwas verbirgt, was sie nicht sehen sollte. Als erstes sind da Zeichnungen, alte Zeichnungen von ihr, darunter findet sie alte Flugtickets, mehrere nach San Juan, Eintrittskarten liegen dabei für einen Club namens 'El Borro'. Ihr Herz beginnt schneller zu schlagen als sie einen Brief findet, auf dem nur ein paar Zeilen stehen.

> Lieber Ramiro,
>
> ich weiß, dass du mich jetzt sicherlich hasst, ich selbst kann kaum atmen ohne dich, doch es gibt einen Grund, wieso ich dich und deine Welt verlassen musste. Wir

Belinda starrt den Zettel an, der Text ist an der Stelle abgebrochen. Ist das ihr Vater? War der Brief an ihren Vater gerichtet? Sie zieht heftig die Luft ein, es ist das allererste Mal, dass sie etwas in der Hand hält, was mit ihrem Vater zu tun haben könnte. Sie findet einige Babybilder und dann mehrere alte Bilder, darüber ein Armband, das ganz fein gegliedert ist und golden funkelt und einen schönen schmalen Ring mit einem kleinen Stein. Sie legt alles zurück. Ein schwarzes breites T-Shirt ist in der Box, einfarbig, nichts besonderes, doch Belindas Herz rast, vielleicht hat das Shirt ihrem Vater gehört.

Sie betrachtet die Fotos, es sind ältere Aufnahmen, es zeigt ihre Mutter an einem Strand, sie lacht und ist wunderschön im Bikini. Dann stockt ihr Herz, als das nächste Bild ihre Mutter mit einem Mann zeigt, einem schönen Mann. Belinda vergisst zu atmen, als sie auf einen Mitte zwanzig-jährigen hübschen dunklen Mann sieht. Er hält ihre Mutter liebevoll im Arm und strahlt in die Kamera.

Belinda sieht sich das nächste Bild an, wieder ihre Mutter, der Mann und noch einige andere Männer und Frauen, alle viel dunkler als ihre Mutter. Sie alle sind an diesem berühmten Hafen Puerto Ricos, den man von Bildern kennt. Wieder hat der Mann lässig den Arm um ihre Mutter gelegt.

Leider sind die Aufnahmen zu weit weg, doch dann gibt es drei weitere Bilder und die treiben Belinda die Tränen in die Augen. Sie sind in einem Club aufgenommen worden, ihre Mutter ist jedes Mal schön zurechtgemacht und sitzt immer am gleichen Tisch neben diesem Mann und vielen anderen. Jedes Mal tragen alle andere Kleidung. Das bedeutet, die Fotos sind an verschiedenen Tagen aufgenommen worden, doch immer ist hinten der Stempel des Clubs zu sehen: 'El Borro'.

All diese Aufnahmen sind in dem Jahr entstanden, als ihre Mutter mit ihr schwanger wurde.

Belindas Hände zittern, als sie das Bild ansieht, auf welchem der Mann am besten zu erkennen ist. Sie sieht in sein lachendes Gesicht, in seine dunklen Augen, die eine ähnliche Form wie ihre haben, auch wenn sie dunkler sind und auf den Leberfleck, den er wie sie auf dem rechten Wangenknochen trägt und schluckt schwer. Wieder sieht sie auf all die Männer, die um ihre Mutter herum sind, sie alle haben etwas ... gefährliches an sich, etwas, was man sie mit Vorsicht betrachten lässt. Doch als sie dann wieder zu dem Mann neben ihrer Mutter blickt, schüttelt sie den Kopf.

Ist das wirklich ihr Vater?

»Was hast du zu verlieren?« Belinda schließt den Laptop und massiert sich die Schläfen. »Was habe ich zu gewinnen, es ist doch gar nicht klar, ob der Mann mein Vater ist und selbst wenn, ob er mich überhaupt sehen möchte, ob er überhaupt noch lebt und mehr als einen Namen, ein paar Bilder und diesen Club habe ich nicht. Das ist ziemlich wenig, du hast doch gesehen, wie viele Ramiros es in Puerto Rico gibt.«

April wirft ihr einen Schokoladenriegel zu, den Belinda gut gebrauchen kann. Sie hat nach ihrem Fund die gesamte Kiste mitgenommen und mit den wenigen Dingen, die sie als Erinnerung behalten möchte, mit zu April gebracht.

Nachdem sie April alles erzählt hat, haben sie sich im Internet die Finger heiß getippt, eine neugierige Unruhe macht sich in Belinda breit. »Du hast doch gesehen, dass es den Club 'El Borro' seit über dreißig Jahren gibt. Die Wahrscheinlichkeit, dass dort jemand den Mann von den Bildern erkennt, ist zumindest gegeben. Er scheint ja öfter dort gewesen zu sein und Belinda, ihr habt den selben Leberfleck auf der Wange. Wie viel Beweise brauchst du noch? Ich habe schon immer geahnt, dass eine Latina in dir steckt.«

Belinda lacht leise auf. »Ich habe soviel Temperament wie eine Babykatze und unser Leberfleck ist nur auf der selben Wange, nicht an der selben Stelle ... Außerdem, selbst wenn ich ihn durch einen dummen Zufall finden würde, du weißt doch gar nicht, ob er mich überhaupt sehen möchte, er hat mich sicherlich nicht gesucht und es ist doch noch nicht einmal gesagt, dass dieser Ramiro überhaupt ...«

April nimmt die Bilder hoch. »Du musst es selbst wissen, aber so wie ich dich kenne, wird dich das eh nicht in Ruhe lassen. Das meine ich, was hast du zu verlieren? Pack ein paar Sachen zusammen und flieg nach Puerto Rico. Du hast hier gerade nichts, was sich nicht verschieben lassen würde und ich glaube, ein Tapetenwechsel tut dir gut. Geh in den Club und frag nach. Und wenn das nichts bringt, sieh dir ein wenig das Land an. Du hast mir doch erzählt, deine Mutter hätte dieses Land immer sehr geliebt, finde heraus, warum.

Vielleicht hast du wirklich Glück, Belinda. Stell dir vor, du findest deinen Vater, vielleicht hast du sogar noch Geschwister, es muss nicht sein, aber allein die Aussicht, dass es sein könnte ... Probiere es einfach, wie gesagt, du hast nichts zu verlieren. Wenn ich den Laden schließen könnte, würde ich sofort mitkommen.«

Belinda sieht auf die Bilder. »Das ist Wahnsinn, ich habe noch nie so etwas Unüberlegtes getan, ich bin nicht der Mensch, der solche Risiken eingeht.« Sie streicht über das strahlende Gesicht ihrer Mutter, sie hat sie niemals so glücklich gesehen, wie auf dem Foto mit diesem Mann. Allein das ist es wert auf April zu hören, sie sollte es für sie machen und versuchen herauszufinden, was in Puerto Rico passiert ist. Als sie vom Bild aufblickt, sieht sie in Aprils strahlendes Gesicht. Ihre Freundin spürt, dass Belinda es sich überlegt hat.

Sie muss es probieren, April hat recht, was hat sie schon zu verlieren?

Ungeduldig blicken sie zwei Stunden später der Frau im Reisebüro auf die Finger, die über die Tastatur ihres Computers fliegen. »Mit Hotel?« Belinda nickt, sie muss ja irgendwo schlafen. »Hmm, also der nächste Flug, der nach San Juan frei ist, wäre in zwei Wochen. Ich kann nachsehen, wann ...« Belinda lehnt sich zurück. »In zwei Wochen? Das geht nicht, ich muss jetzt fliegen, sonst überlege ich mir das noch dreimal anders. Es ist ein Notfall, wieso gibt es keine Flüge mehr?«

Die Frau blickt über ihren Brillenrand zu ihr. »Die gibt es, aber haben Sie eine Vorstellung, wie viele Puertoricaner in den USA leben? Und jetzt ist Ferienzeit, die meisten fliegen nach Hause. Man muss diese Flüge schon Monate im Voraus buchen, aber warten Sie, ich habe da eine Idee.«

Sie beginnt wieder zu tippen und lehnt sich nach zwanzig Minuten zufrieden zurück. »Wenn es so dringend ist, gibt es noch folgende Möglichkeit. Heute Abend geht ein Flug nach Kuba, dort landen Sie nachts und können direkt auf eine Fähre, die Sie in zwei Stunden nach Puerto Rico bringt. Sie würden morgen früh in Puerto Rico sein. Das Ganze würde 400 Dollar kosten, ich habe aber noch keinen Rückflug gebucht, da ich Ihnen raten würde, das dort zu machen, die sind dort meistens günstiger.«

Belindas Mund fühlt sich plötzlich ganz trocken an. Sie wäre morgen früh in Puerto Rico? Vor zwei Wochen ist ihre Mutter gestorben, gestern hat sie ihre Mutter beerdigt, sie hat ihren Job verloren, wie kann sich ihr Leben momentan nur so rasant ändern? Sie sollte zur Ruhe kommen, sich einen neuen Job suchen, vernünftig sein, doch vor ihrem inneren Auge erscheint das Bild ihrer Mutter und dieses Mann und sie zieht ihre Bankkarte heraus.

»Okay, ich nehme die Tickets.«

Die Frau lächelt und stellt ihr alles zusammen.

»Viel Spaß in Puerto Rico!«

Kapitel 4

»Waren Sie schon einmal in Puerto Rico?« Die Frau, die mit Belinda auf dem Deck der Fähre steht und dem großen Hafen entgegensieht, den sie langsam ansteuern, blickt sich zu ihr um. Die Sonne ist gerade aufgegangen, aber schon jetzt hat sie viel Kraft und wärmt Belinda. Die erste Stunde war es sehr kalt auf der Fähre, doch jetzt ist es richtig angenehm, nach dem Flug und der Wartezeit am Hafen von Kuba.

Belinda ist müde. Sie hat nur einen großen Rucksack und eine Reisetasche, der Rest ist bei April aufbewahrt. Belinda war unsicher, was sie mitnehmen sollte. Wie lange wird sie bleiben? Was erwartet sie? Sie weiß es nicht, deswegen hat sie nur einige Sommersachen und Erinnerungsstücke ihrer Mutter dabei. Belinda legt den Rucksack hin und zieht sich den weißen Pullover aus, darunter trägt sie ein zitronengelbes Shirt und eine Jeansshorts, ihre Haare knotet sie in einen unordentlichen Knoten nach oben.

»Nein, noch nie, meine Mutter war früher hier und jetzt wollte ich Puerto Rico auch einmal kennenlernen, und Sie?« Die füllige Frau mit der viel dunkleren Haut und den langen schwarzen Haaren strahlt sie an. »Ich bin hier geboren. Zwar lebt niemand mehr hier, den ich kenne, doch ich muss regelmäßig herkommen, um wieder richtig atmen zu können. Wenn du Puerto Rico einmal in dein Herz geschlossen hast, wird es dich nie wieder loslassen!«

Belinda sieht die Frau nachdenklich an. Ist es das, was damals mit ihrer Mutter passiert ist? Sie hat gar nicht unbedingt die Hoffnung, hier Ihren Vater zu treffen, es ist eher, dass sie die Hoffnung hat, mehr über ihre Mutter und diesen Teil ihres Lebens zu erfahren, den sie immer versucht hat vor ihr zu verstecken. Sie hat ihre Mutter verloren, vielleicht findet sie hier einen Teil von ihr, den sie noch nicht kannte.

»In der Sonne wirken Ihre Augen ganz grün, wunderschön, Sie haben so tolle Lippen. Modeln Sie?« Belinda muss leise lachen. »Oh nein, bestimmt nicht. Ich habe bei einer Versicherung gearbeitet, aber gerade ... orientiere ich mich komplett neu.« Die Frau schlägt sich leicht auf die Oberschenkel. »Sie sollten modeln, das sollten Sie unbedingt probieren. Sie sprechen gut spanisch.« Belinda knotet sich den Pullover um die Hüfte und sieht sich alles genau an, als sie in den Hafen einfahren.

»Ich habe es gelernt, seit ich vier Jahre alt war, meiner Mutter war es sehr wichtig, ich schätze, weil sie dieses Land hier so liebt ... geliebt hat. Aber fast jeder hier auf der Fähre spricht etwas anders, als ich es kenne, also ich verstehe Sie, aber manche Worte ...« Die Frau winkt ab und kramt ihr auf einer Bank verteiltes Zeug zusammen. »Das ist der puertoricanische Dialekt, keine Sorge, wir verstehen Sie sehr gut, es sind nur ein paar Wörter, die man hier anders sagt, aber das ist nicht bedeutend.«

Sie halten abrupt und Belinda sieht auf die vielen Schiffe, Fischerboote und Dampfer neben ihrer Fähre. Der Hafen ist riesig. Sie bemerkt, dass es hier neben einigen Fischgeschäfte, viele alte Häuser und Restaurants gibt, einige Marktstände sind aufgebaut. Hier am Hafen sieht es aus wie in einer verschlafenen Kleinstadt, doch man erkennt, dass dahinter die vielen Häuser und Straßen von San Juan beginnen.

Belinda hat gar keine Zeit, alles weiter zu betrachten, sie müssen die Fähre verlassen. Es stehen schon viele Leute an, die auf die Fähre möchten, die aber von den Schiffsleuten noch mehr kontrolliert werden, als es in Kuba der Fall war. Man kommt nur auf die Fähre, wenn man einige Papiere vorzeigen kann. Belinda und alle, die bereits auf der Fähre sind, können diese allerdings ohne Probleme wieder verlassen.

Belinda ist eine der letzten, die die Fähre verlässt, sie betritt Puerto Rico, schließt die Augen und atmet tief die warme Luft ein. »Im Ernst?« Ein junger Teenager drängt sich an ihr vorbei und rempelt sie dabei an. Belinda lässt sich davon nicht beeindrucken, setzt ihren Rucksack auf und nimmt ihre Reisetasche in die Hand. Sie sollte zuerst den Club aufsuchen.

Es ist noch ganz früh und sie kann sich danach nach einem Hotel umsehen, vielleicht erfährt sie wirklich etwas und bleibt gar nicht hier in der Nähe. Sie sieht sich die kleinen Restaurants an, kauft sich an einem Marktstand einen frisch gepressten Orangensaft und verlässt danach durch eine engere kleine Straße das Hafenviertel. Die Straße ist eng und lang und es dauert, bis sie an einer größeren Kreuzung landet, wo sie endlich einige Taxis findet.

Gleich der erste Fahrer weiß schon, wo sie den Club 'El Borro' findet und erklärt ihr, dass dieser nicht mal zehn Autominuten vom Hafen entfernt ist. Belinda setzt sich überglücklich nach hinten. Es geht doch, alles funktioniert reibungslos. Neugierig sieht sie sich die Straßen an, überall stehen ältere bunte Häuser, es gibt zwar auch größere Geschäftsstraßen, wo ein Geschäft neben dem anderen ist, aber ihr Fahrer fährt meistens durch kleine Straßen mit bunten Häusern, kleinen Geschäften und Cafés. Es ist eine schöne Stadt am Meer.

Man erkennt schnell, dass es hier neben viel Armut auch einiges an Reichtum gibt. An einer Ampel stehen mehrere teure Luxusautos hintereinander. Einige Männer sitzen am Lenkrad, bei deren Anblick allein Belinda schon eine Gänsehaut bekommt. Sie wollte diese Männer nicht anstarren, doch als einer von denen sich zu ihr umwendet, fühlt sie sich dabei ertappt, auch wenn der Mann nur grinst und ihr zuzwinkert.

Aber es gibt auch die Kinder, die viel zu dünn und in schmutzigen Klamotten durch die Straßen rennen und die Straßenhändler, denen man ansieht, dass sie jeden Dollar dringend brauchen.

Belinda hat einen guten Eindruck von der Stadt. Es gibt sehr hübsche Menschen hier, überall sieht sie knappe Kleidung und lange schwarze Haare. Die Frauen hier zeigen gerne was sie haben und Belinda fragt sich, wie die Frau auf der Fähre sagen konnte, sie solle mit dem Modeln anfangen, wenn hier eine Frau schöner als die andere ist.

Der Mann hält in einer Straße, in der gleich drei größere Clubs existieren und zeigt zu einem roten zweistöckigen Gebäude mit einem abgesperrten Parkplatz, auf dem gerade gebaut wird. »Das ist das El Borro, das macht sechs Dollar.« Belinda zahlt und steigt aus. Noch ehe sie einen richtigen Eindruck bekommen konnte, ist der Taxifahrer schon wieder weg.

Sie überquert die Straße und sieht auf die roten Absperrbänder rund um den Parkplatz herum. An dem Club steht ein rotes Leuchtschild 'El Borro', an der Tür scheint auch ein Schild zu hängen, doch Belinda muss über den Parkplatz, um das zu lesen und der ist abgesperrt. Es fühlt sich komisch an, jetzt hier zu stehen und zu wissen, dass ihre Mutter früher auch hier an diesem Ort war … vielleicht mit ihrem Vater, vielleicht … Belinda wird sich hüten, sich zu viele Hoffnungen zu machen.

Drei Bauarbeiter erscheinen mit gelben Hüten, schwarzen Hosen und schwarzen Unterhemden, sie albern herum. Auch wenn sie alle schon weit über fünfzig sein müssen, sehen sie noch sehr fit aus. Belinda ruft nach ihnen, sie traut sich nicht einen Schritt hinter das Absperrband, sie hat sich schon immer sehr genau an Vorschriften und Gesetze gehalten. Die Männer registrieren das und beginnen vor sich hin zu grinsen. »Was können wir für Sie tun, Señorita?« Belinda zeigt auf das rote Gebäude. »Wann macht der Club auf, kann ich die Baustelle betreten? Ich suche nach dem Besitzer.«

Die Bauarbeiter sehen zwischen dem Club und ihr hin und her. »Es gab letzte Woche einen Rohrbruch, der Club ist für einige Wochen geschlossen. Suchen Sie einen Job oder warum wollen Sie zu Hugo?«

Das darf nicht wahr sein. »Geschlossen? Ich muss dringend mit ihm reden, ich suche jemanden. Können Sie mir sagen, ob ich ihn sonst irgendwie erreichen kann oder ob er schon länger der Besitzer des Clubs ist?«

Sie sieht den Männern an, dass sie sie verwirrt, doch es ist ihr egal. Sie ist den weiten Weg hergekommen und jetzt hindert sie ein Rohrbruch daran, Antworten zu bekommen? »Hugo hat den Laden schon von Anfang an und er kennt viele Leute aus der Stadt hier. Er hat die Zeit genutzt und ist in Italien, um ein paar neue Möbel zu besorgen, er kommt aber vor der Eröffnung wieder, versuchen Sie ihr Glück einfach in zwei Wochen nochmal.«

Belinda könnte ausflippen, sie verstehen nicht, um was es für sie geht. »Ich hatte nicht vor, so lange hier zu bleiben, vielleicht können Sie mir helfen ...« Sie kramt in ihrem Rucksack, bis sie die Bilder von ihrer Mutter und dem Mann in den Händen hält. Sie spürt, dass die Bauarbeiter genervt sind, doch sie braucht Antworten und das jetzt und nicht in zwei Wochen.

Sie hält ihnen die Bilder hin und alle drei sehen darauf. »Kennen Sie den Mann, die Bilder sind ungefähr 22 Jahre alt, er muss jetzt Anfang vierzig sein, ungefähr.« Die drei Männer sehen etwas zu lange auf das Bild, einer hebt die Augenbrauen. »El Jefe?« Doch der Mann, der hier offenbar das Sagen hat, gibt ihr die Bilder zurück und schenkt dem anderen Mann einen Blick, der ihn zum Schweigen bringt. »Nein, wir kennen ihn nicht. Wie gesagt, kommen Sie in zwei oder drei Wochen wieder, wenn Hugo da ist.«

Belinda glaubt ihm nicht. »Das sah aber nicht so aus, als … Es ist wirklich wichtig, verstehen Sie. Ich weiß gar nicht, was ich hier zwei Wochen tun soll, ich habe keine Wohnung, kaum Geld, ich muss bald zurück nach Hause.« Zwei der Männer gehen schon weg.

»Sie werden warten müssen, Señorita und ein Tipp für Sie: Stellen Sie hier in Puerto Rico nicht zu viele Fragen, wenn Sie das bei den falschen Leuten tun, kann es gefährlich werden. Hugo kann ihnen bestimmt weiterhelfen, aber dazu müssen Sie nochmal wiederkommen. Wenn Sie einen Job suchen, am Hafen findet man immer welche und ein paar Straßen weiter gibt es ein günstiges Wochenhotel, 'Buenito', kein Luxus aber dort kann man für eine Weile unterkommen. Es wird meistens von Männern genutzt, die für eine Weile von Zuhause raus müssen, weil sie Scheiße gebaut haben oder von Saisonarbeitern. Viel Glück und denken Sie daran, nicht zu viele Fragen stellen.«

Belinda sieht dem Mann hinterher, das darf doch alles nicht wahr sein, doch sie hat keine Wahl und kehrt zurück zur Hauptstraße. Mittlerweile hat sie Hunger und Durst. Sie geht in eines der vielen Geschäfte und besorgt sich eine Limonade und etwas, was wie ein Sandwich aussieht, auch wenn es etwas anders schmeckt, als sie es gewohnt ist.

Die Hitze, die sie morgens noch so wärmend empfand, droht sie nun zu ersticken und sie überlegt hin und her. Soll sie in ein Reisebüro, sich von den letzten fünfhundertfünfzig Dollar die sie hat, ein Rückflugticket buchen und wieder abhauen? Nach nur ein paar Stunden aufgeben? Aber sie kann auch nicht zwei Wochen hier bleiben und auf irgendeinen Hugo warten.

Als das Sandwich aufgegessen ist und die Limonade langsam lauwarm wird, entschließt sich Belinda dazu, sich ein Zimmer in diesem Hotel zu nehmen und eine Woche zu bleiben, sie muss wenigstens etwas von Puerto Rico sehen, bevor sie zurückfliegt. Sie hält ein Taxi an und lässt sich zu dem Hotel fahren. Es ist ihr klar, dass sie keinen Luxus erwarten kann, doch sie ist dann positiv überrascht, als sie alles gezeigt bekommt.

Es sind kleine Wohnungen, mit einem kleinen Bad, Schlafzimmer und einer Kochnische, die vermietet werden. Es ist alles sauber und die Vermieterin sehr nett. Sie muss allerdings für die komplette Woche im Voraus zweihundertfünfzig Dollar bezahlen. Belinda weiß, dass sie von den restlichen dreihundert Dollar nicht ein Flugticket zurück buchen und diese Woche überleben kann, also macht sie sich, nachdem sie sich etwas eingerichtet und geduscht hat, wieder auf den Weg zum Hafen, den sie von ihrem Schlafzimmerfenster aus sogar sehen kann. Er ist nur zwei Querstraßen weiter und jetzt hat sie wieder neuen Mut gefasst.

Sie ist allein in Puerto Rico und hat eine schöne kleine Wohnung. Jetzt sucht sie sich einen Nebenjob und erkundet eine Woche lang die Umgebung. So schlecht ist der Plan doch gar nicht, auch wenn sie, so wie es aussieht, nicht dazu kommen wird, nach dem Mann auf dem Bild zu suchen, bedeutet es nicht, dass sie die Zeit hier nicht genießen kann.

Belinda läuft langsam in Richtung Hafen. Sie muss die Straßen steil hinunter laufen und ganz schön aufpassen, immer wieder läuft ein Straßenhund vorbei oder ein Kind rennt sie halb um. Aus vielen Fenstern hört man laut Musik, hier spürt man das Leben, es ist kein Verglich zu dem, was sie aus Portland kennt. Als sie einen kleinen Laden entdeckt, wo sich zwei Mädchen Eis kaufen, hält sie auch und bestellt sich das gleiche.

Es ist einfach nur Crush-Eis. Die Frau am Tresen gießt einen roten Sirup darüber, aber als Belinda es dann probiert, schmeckt es köstlich. Sie unterhält sich kurz mit der älteren Frau, die ihr den Weg zum nächsten Supermarkt zeigt. Sie muss auch noch etwas einkaufen, dann holt sie sich gleich eine Switch Card, mit der sie ihre amerikanische Karte und Nummer behält, aber zum puertoricanischen Tarif telefoniert. Sobald sie später Ruhe hat, muss sie sich bei April melden und bei … nein, sie muss sich nur bei April melden.

Belinda schlendert eine Weile am Hafen entlang. Die Vermieterin hat ihr geraten, bei den großen weißen Hallen am Ende des Hafens nach Arbeit zu fragen, auf dem Weg dahin betrachtet sie alles. Es ist hektischer als am Morgen, überall kommen Schiffe an und fahren wieder ab. Zwei Schiffe sind gerade eingetroffen, ihnen werden die frischen Fische quasi gleich vom Boot abgekauft. Immer noch stehen mehrere Marktstände da, an einigen wird Obst angeboten, einer hat Süßigkeiten und an anderen gibt es herzhafte und süße Kleinigkeiten. An diesem Stand stehen viele an, vielleicht Arbeiter von hier, die gerade Pause machen.

In den zahlreichen Cafés hier sitzen überall viele Leute draußen auf Stühlen und unterhalten sich, einige warten sicherlich auf ein Schiff oder eine Fähre oder sind gerade angekommen. Sie entdeckt mehrere junge Männer, die gerade Kisten von einem großen Speedboot entladen. Hier herrscht das pure Leben und Belinda genießt das Treiben um sich herum.

Als sie endlich die Lagerhallen betritt, muss sie schwer schlucken. Es ist warm, es ist voll, wenn sie dachte, draußen herrscht schon buntes Treiben, findet sie hierfür keine Worte.

Es herrscht das totale Chaos. Tausende von Kisten und Paletten stehen herum, Kühlkisten mit Fisch, tonnenweise, überall Händler, die sich laut unterhalten, frisches Obst in Containern, Blumen, Stoffe, hier gibt es alles. Belinda schreckt zusammen, als ein Container mit Hühnern an ihr vorbeigefahren wird. Sie atmet tief ein und versucht sich zu orientieren.

46

In diesem Moment hört sie einen kleinen Mann, der eher so aussieht, als würde er aus China oder Japan stammen, fürchterlich auf spanisch fluchen. Irgendwer scheint nicht zur Arbeit gekommen zu sein. Belinda ahnt, dass dies ihre Chance ist. Sie stellt sich dem genervten Mann vor und fragt nach, ob er irgendwelche Arbeit für sie hat.

Es ist unübersehbar, dass er nicht gerade begeistert ist, doch er deutet auf etliche schwarze große Eimer mit frischem Fisch und viele Styroporboxen, die bereits mit Eis ausgelegt sind. Belinda soll die Fische in den Boxen verstauen und diese stapeln. Sie bekommt zehn Dollar pro Stunde, muss sich aber ranhalten. Er zeigt es ihr einmal und Belinda beginnt sofort. Es ist ekelhaft.

Auch wenn sie dünne Handschuhe trägt, hat sie bereits nach einer halben Stunde das Gefühl, sie riecht durch und durch nach Fisch. Es wird immer heißer in der Halle. Bereits nach zwei Stunden immer mit derselben Arbeit kann Belinda kaum noch etwas anheben. Sie ist alles andere als faul, doch diese Arbeit, der Geruch, die Wärme und die vielen Menschen sind etwas viel auf einmal. Neben ihr arbeitet noch ein Mann mit und Belinda gibt sich extra viel Mühe, mit ihm mithalten zu können, doch als sie drei Stunden hinter sich gebracht hat, will sie nur noch die Handschuhe ausziehen und gehen.

»Seit wann stellt ihr Frauen ein?« Eine junge hübsche Frau reißt sie aus ihrem heimlichen Mitleidsgejammer. Sie steht mit einem Kellnerportemonnaie und schwarzer Schürze neben ihnen und hebt die Augenbrauen, als Belinda nun zu ihr sieht. »Ich hatte keine Wahl, was braucht Pablo heute? Hat er nicht letztens erst gesagt, er kann mit meinem Fisch nichts anfangen?« Die Frau lächelt, als Belinda sich die Haare aus der Stirn wischt. »Ja, der Meinung ist er immer noch, aber er möchte noch einmal diese schwarzen Kugeln von neulich. Einige Kunden haben wieder danach gefragt, auf Baguette oder zum Rührei kommt das gut an.«

Der Mann kramt in einigen anderen Kisten herum und Belinda macht weiter, noch immer überlegt sie alles hinzuschmeißen. »Seit wann arbeitest du hier?« Bestimmt strahlt Belinda das aus, was sie fühlt, die junge Frau sieht sie mitleidig an. »Seit ein paar Stunden, ich brauche Arbeit und na ja, das hier habe ich gleich gefunden.«

Die Frau ist etwas größer als Belinda und hat einige Rundungen mehr, positiv gesehen. Selbst als Frau kann man diese Hüften und die Brüste nicht ignorieren. Sie hat kurze Haare bis zum Kinn und wilde schwarze Locken, ihre braunen Augen funkeln frech aus ihrem Gesicht heraus, sie ist eine der vielen puertoricanischen Schönheiten, die Belinda hier heute schon den ganzen Tag entdeckt hat.

»Hättest du einfach mal in den Cafés gefragt, meine Kollegin hat sich ein Bein gebrochen und wir brauchen für ungefähr einen Monat Ersatz. Mein Chef hätte dich sicher genommen, wenn du schon mal gekellnert hast, du bist sehr hübsch, mehr brauchst du dafür nicht.« Belinda lässt den nächsten Fisch in die Kiste fallen. »Wirklich? Meinst du, wir könnten ihn fragen? Wenn ich noch einen Fisch anfassen muss ...«

Der kleine Mann kommt zurück. »Hier habe ich vier Dosen. Sag Pablo, ich nehme mir später zwei Flaschen von dem Rum, dann sind wir quitt.« Die junge Frau lacht leise. »Ich glaube, Pablo klaut dir auch noch deine Angestellte.« Belinda zieht die Handschuhe aus und erklärt dem Mann schnell, dass sie die letzten drei Stunden toll fand, aber jetzt das Gefühl hat, sie müsse sich langsam weiterentwickeln. Zwar erntet sie nur Kopfschütteln, doch immerhin hat sie jetzt dreißig Dollar mehr und kann mit der anderen Frau die Hallen verlassen.

»Ich bin übrigens Camilla. Siehst du das kleine Geschäft da, genau in der Mitte? Das ist das Casita und gehört Pablo, ich arbeite den ganzen Sommer hier und wenn man sich gut anstellt, kann man allein schon mit dem Trinkgeld gutes Geld verdienen.« Belinda stellt sich auch vor und riecht an ihren Händen. Trotz der abgestreiften Handschuhe riecht sie noch immer nach Fisch. »Meinst du, ich habe eine Chance auf den Job?« Camilla lächelt und führt sie zum Geschäft. »Bestimmt, ich lege ein gutes Wort für dich ein.«

Das Café hat draußen mehrere Tische und Stühle, es ist eher rustikal gehalten, auch drinnen gibt es nur eine Theke und weitere Tische und Stühle. Als Dekoration hängt nur eine große Puerto Rico-Fahne an der Wand. Jeder Tisch hat Salz- und Pfefferstreuer, das war's. Es sieht nicht sehr einladend aus, trotzdem sitzen draußen und drinnen Gäste.

Fast alle trinken nur etwas, lediglich zwei Kunden haben Baguettes oder Bagels vor sich, aber die sehen wirklich gut aus. Camilla bringt Belinda direkt an allen vorbei hinter den Tresen in eine kleine Küche, wo ein älterer rundlicher Mann mit Schnurrbart hinter einem Herd steht und Eier anbrät. »Pablo, das ist Belinda, ich habe sie gerade bei den Koreanern aufgegabelt und dachte, sie passt hier gut rein.« Der Mann wendet sich um und mustert sie. »Woher aus Puerto Rico kommst du, du bist so hell?«

Belinda streift ihr Shirt glatt. Der Mann ist viel dunkler als sie, selbst viel dunkler als Camilla, und hat eine große Narbe, die ihm in der rechten Gesichtshälfte vom Auge bis zum Ohr geht. Belinda versucht diese zu ignorieren und sieht ihm in die Augen. »Ich komme nicht von hier, ich bin heute angekommen, ich … bin nur hier, um Puerto Rico kennenzulernen.« Der Mann nickt und Camilla sieht sie verwundert an. »Du hast aber etwas puertoricanisches an dir und du sprichst gut spanisch.«

Belinda kommt nicht dazu zu antworten, der Mann mustert sie weiter. »Hast du schon mal gekellnert?« Belinda nickt, sie hat mal bei einem Empfang bei der Wohltätigkeitsorganisation mitgeholfen, das sollte auch zählen. »Gut, wenn du nicht jedes Mal so nach Fisch riechst, willkommen im Team. Wir haben jeden Tag von zehn bis achtzehn Uhr geöffnet, wenn du mal nicht kannst, gib rechtzeitig Bescheid. Ich zahle dich täglich aus, es gibt acht Dollar die Stunde und ihr könnt das Trinkgeld behalten. Sei nett zu den Gästen. Camilla zeigt dir alles und gibt dir deine Schürze. Du kannst morgen anfangen.«

Zwei Stunden später kommt Belinda vollkommen fertig in ihre kleine Wohnung zurück. Camilla ist wirklich nett, sie hat ihr alles gezeigt, sie haben die Handynummern ausgetauscht und morgen fängt Belinda an. Camilla hat ihr erklärt, dass ab achtzehn Uhr fast alle normalen Cafés am Hafen schließen und nur noch die Kneipen offen haben und man sich nicht mehr da herumtreiben sollte. Belinda war noch kurz einkaufen und springt schnell unter die Dusche. Neben dem Supermarkt gibt es auch einen Waschsalon, eigentlich ist wirklich alles perfekt für den Anfang, sie freut sich auf ihren ersten Arbeitstag morgen.

Als sie endlich den Fischgeruch los ist, ruft sie April an, dabei isst sie Cornflakes und sieht aus dem Fenster zum Hafen. April ist begeistert. Sie sagt, Belinda höre sich schon ganz anders an. Nachdem sie ihrer besten Freundin alles erzählt hat, begreift sie erst, was sie heute erlebt hat. Als sie auflegt, geht sie todmüde aber überglücklich schlafen. Sie hat extra die Patchworkdecke ihrer Mutter und Laura mitgenommen und streicht noch einmal darüber, als sie sie über ihre dünne Decke ausbreitet.

»Du hast recht Mama, Puerto Rico scheint ein tolles Land zu sein.«

Sie lauscht dem Treiben am Hafen und dem Quietschen des Ventilators über sich und schläft zufrieden ein.

Kapitel 5

Belinda überlegt am nächsten Morgen lange, was sie heute an ihrem ersten Arbeitstag anziehen soll. Camilla hat nichts von einer Kleiderordnung erwähnt. Sie selbst hatte gestern ein kurzes Kleid an, deswegen entscheidet sich Belinda für eine Jeansshorts und ein weißes Shirt. Sie flechtet sich die Haare zu einem dicken Zopf und trägt nur etwas Wimperntusche und Lipgloss auf, dann geht sie los. Da sie nicht noch mal Cornflakes essen möchte, macht sie einen kleinen Umweg, vorbei an einer kleinen Bäckerei, die sie gestern gesehen hat, um sich ein Croissant und einen Kakao zu holen.

Als sie den Laden verlässt, läuft sie fast in eine Mutter und ihre Tochter hinein, die sich gerade auf der Straße unterhalten. Belinda bekommt so viel mit, dass es um die Schlüssel geht und wer nachher einkaufen geht. Sie eilt schnell an den beiden vorbei. Alles in ihr zieht sich zusammen, sie vermisst ihre Mutter wahnsinnig, genau solche banalen Dinge fehlen ihr. Wie oft hat sie sich früher geärgert, wenn ihre Mutter zu oft angerufen hat und was würde sie jetzt dafür tun, um diese Zeit zurückdrehen zu können? Wie gern würde sie noch einmal mit ihr sprechen.

»Hey, du bist ja richtig pünktlich, das bin ich gar nicht gewohnt.« Belinda begrüßt Pablo und hilft ihm gleich, die Stühle und Tische auf der Terrasse aufzustellen. Schnell setzen sich zwei Männer, die die ganze Zeit über Preise für bestimmte Waren zu diskutieren scheinen. Sie bestellen zwei Kaffee, einer möchte Rührei mit Brot dazu. Belinda meistert diese erste Aufgabe und als sie zwei Dollar Trinkgeld bekommt, ist sie überzeugt, dass sie diesen Job gut bewältigen wird.

Camilla kommt erst einige Minuten später. Sie freut sich wirklich, dass Belinda jetzt mit ihr zusammen arbeitet und den ganzen Vormittag hilft sie ihr noch, wenn Belinda nicht zurecht-kommt. Es ist zwar immer jemand da, richtig voll ist es aber nicht, sodass sie die ersten Stunden ganz entspannt übersteht. Die Kunden sind alle nett und jeder gibt Trinkgeld. Gegen Mittag füllt sich das Café. Pablo steht die ganze Zeit in der Küche und bereitet die Snacks vor, die sie anbieten. Belinda und Camilla müssen jetzt ziemlich gut aufpassen. Als der größte Ansturm vorbei ist, ist Belinda froh, dass sie heute keine hochhackigen Schuhe angezogen hat.

»Vermisst du jemanden?« Selbst Belinda erschrickt, als Camilla und sie gerade zusammen einen Tisch abräumen und sich ein Mann hinter Camilla anschleicht und sich zu ihrem Ohr beugt. Zwar hat sich Camilla auch erschrocken, doch schnell schleicht sich ein Lächeln in ihr Gesicht, was sie aber gut vor dem Mann versteckt.

»Oh, die Herren sind auch mal wieder da, nein, hier wurde niemand vermisst. Was kann ich euch bringen?« Belinda wendet sich nun komplett zu den Männern um. Es sind zwei, der Mann, der Camilla erschrocken hat, mustert Belinda einen Moment. Er hat kurze schwarze Haare, ist etwas dunkler und hat ein nettes Lächeln. Seine Augen werden kleiner, wenn er lächelt und seine Statur passt so gar nicht zu seinem freundlichen Auftreten. Er sieht genau wie der Mann neben ihm sehr durchtrainiert aus. Beide tragen einen schwarzen Anzug, es wirkt fast so, als kämen sie gerade von einer Feier.

Der andere Mann ist etwas heller, hat braune Locken und sieht so aus, als wäre er gerade aus dem Bett gefallen. »Wer bist du, Hübsche?« Belinda schiebt ihr Kellnerportemonnaie in ihre Schürze und sieht unsicher zu Camilla, die wieder aus dem Café kommt, sie hat nur schnell Teller hineingebracht. »Das ist Belinda, sie arbeitet jetzt hier. Belinda, das sind Benito und Dante.« Der dunklere Mann lächelt Camilla an, als wäre sie der einzige

Grund dafür und Belinda muss auch lächeln. »Camilla hat vergessen zu erzählen, dass sie meine Freundin ist.« Camilla lacht laut auf. »Niemals, ich würde nie mit jemandem zusammenkommen, der einfach so eine Woche verschwindet.«

Der andere Mann, Benito, lässt sich schon an einem Tisch nieder und setzt sich eine Sonnenbrille auf. »Geht das schon wieder los? Camilla, du wirst meinen Cousin noch einmal in den Wahnsinn treiben.« Dante hat seinen Blick nicht einmal von Camilla gewandt, sein Blick ist zu süß, er scheint sie echt zu mögen. »Wenn du nicht immer so zickig wärst, hätte ich dir Bescheid gegeben. Ich wusste nicht, dass du mich so vermissen wirst.« Camilla murmelt etwas und geht ins Café, während Dante sich lachend zu Benito setzt.

Belinda fragt beide, was sie möchten. »Ich nehme eine kalte Cola und für meinen Cousin einen Cappuccino, bitte, Beli.« Belinda sieht von ihrem Notizblock auf. »Ich heiße Belinda, ich bringe euch die Getränke gleich.« Dieser Benito lehnt sich entspannt nach hinten und legt ein Handy und eine Waffe auf den Tisch, Belinda weicht sofort zurück und eilt schnell ins Café.

»Der Mann, dieser Benito hat eine Waffe, sie haben nichts gesagt, doch sie wollen bestimmt das Café überfallen, ruf schnell die Polizei!« Belinda spürt selbst, wie sie anfängt zu zittern, ihre Stimme überschlägt sich, doch Camilla verschränkt nur die Arme vor der Brust und sieht Belinda etwas besorgt an. »Wie lange bist du jetzt nochmal in Puerto Rico?« Belinda versteht nicht, was das damit zu tun hat. »Seit gestern, willst du nicht endlich die Polizei rufen? Oder … hier muss doch der Zoll herumlaufen, wir sollten …« Camilla lacht leise auf.

»Der Zoll? Du bist ja niedlich. Sieh mal, Belinda, in den USA haben ja auch einige Waffen, oder? Hier tragen eben viele Männer Waffen, vor allem die aus den Familias, es ist hier halt anders … Hier kommt die Polizei nicht und ich habe noch nie den Zoll gesehen. Es gibt ihn bestimmt, aber der taucht hier nicht auf, die Polizei kommt nur, wenn es Tote gibt. Sie notieren sich irgendetwas und verschwinden wieder, mehr nicht. Ich kann dir jetzt nicht sagen, dass Dante und Benito harmlos sind, das sind sie nicht, aber natürlich sind sie ungefährlich für mich oder dich. Sie brauchen die Waffen nur für ihre Geschäfte, aber sonst sind sie ganz anständige Männer.«

Belinda versteht das nicht so wirklich. »Okay, und wenn das solche anständigen Männer sind, wieso lässt du Dante dann so auflaufen? Ich meine, er sieht doch sehr gut aus.« Camilla macht die Getränke fertig und bereitet sie auf einem Tablett für Belinda vor. »Sie sind in Ordnung, aber ich bin nicht so wahnsinnig und fange was mit Dante Puente an.« Pablo geht an ihnen vorbei und deutet auf die Getränke, sodass Belinda ihm mit dem Tablett folgt.

Pablo steuert direkt den Tisch der Männer an. »Dante, Benito, wie geht es euch? Hab gehört, dass es in Sevilla gut gelaufen ist. Wann ist Vidal wieder da? Ich habe da einen Kumpel, der ein paar Fragen hat.« Belinda stellt die Getränke ab, während Pablo die beiden Männer mit einem Handschlag begrüßt.

»Wir bekommen morgen noch eine Lieferung, ich könnte ihm Bescheid geben, aber er kommt eigentlich nicht gern zum Hafen, das weißt du doch.« Pablo setzt sich zu den beiden. »Ich weiß, es könnte sich aber lohnen, mein Freund ...« Belinda geht schnell wieder ins Café zurück, Camilla lächelt über ihren immer noch besorgten Gesichtsausdruck. »Gewöhne dich lieber an den Anblick von Waffen, du bist hier in Puerto Rico.«

An Waffen gewöhnen wird sie sich sicherlich nicht, doch Belinda hat ohnehin nicht vor, allzu lange hier zu bleiben, deswegen sollte sie sich über so etwas erst gar nicht zu viele Gedanken machen, sie sollte lieber die Zeit ihres Aufenthaltes hier genießen.

Die beiden Männer bleiben über eine Stunde sitzen, viele Leute, die an ihnen vorbeigehen, grüßen sie. Auch wenn Belinda sich weiter um den Tisch kümmert, bemerkt sie doch, wie Camilla und Dante sich immer wieder heimliche Blicke zuwerfen. Irgendwann stehen die beiden Männer auf und gehen zu einem Speedboot, das gerade angekommen ist.

Belinda erkennt, wie sie mit drei anderen Männern reden und auf dem Boot einige Dinge betrachten, dann werden von den drei Männern auf dem Speedboot mehrere Kisten zu zwei schwarzen Geländewagen gebracht. Dante kommt allein zurück und legt fünfzig Dollar auf den Tisch.

Belinda will ihm Rückgeld geben, doch er hebt die Hand und sieht zu Camilla, die sich extra abgewendet hat. »Das stimmt so, bis morgen.« Belinda sieht verblüfft auf das viele Geld. Als sie es Camilla überreichen möchte, winkt diese ab. »Du hast den Tisch gehabt, es ist deines, die Puentes sind immer großzügig.«

Belinda sieht verwirrt Dante und Benito hinterher, wie sie in die Geländewagen steigen und wegfahren. »Haben sie so viel Geld?« Camilla lächelt matt. »Sehr viel, es gibt in Puerto Rico nur noch eine Familie, die so reich ist. Sag mal, was willst du mit den ganzen Touristenflyer auf dem Tresen?« Belinda räumt den Tisch der Männer ab.

»Ich habe nach einem Brunnen gesucht, meine Mutter war schon einmal hier und es gibt ein Bild, da sitzt sie an einem Brunnen, dahinter ist eine Kathedrale.« Camilla lacht. »Du meinst sicher den Plaza de Colon, ich wohne dort in der Nähe. Wenn du möchtest, können wir nach der Arbeit zusammen dorthin gehen.«

Natürlich möchte sie das. Als sie einige Stunden später Feierabend machen, hat Belinda dank Dante fast sechzig Dollar Trinkgeld gemacht, mit den vierundsechzig Dollar Lohn kann Belinda mehr als zufrieden sein. Außerdem hat Pablo ihnen am

Mittag leckeres Essen gemacht. Wenn das so weitergeht, kann Belinda diese Woche wirklich gut nutzen, um etwas Geld zu verdienen.

Camilla und sie verstehen sich immer besser. Sie hakt sich bei Belinda ein, während sie viele kleine Gassen durchlaufen. In zwei Geschäften halten sie, Belinda kauft sich einmal Flip Flops, die alle hier tragen und in einem Laden, in den Camilla sie hineinzieht, ein ähnliches Sommerkleid, wie sie es trägt. Es ist schwarz, geht bis kurz vor die Knie und ist mit großen roten Orchideen bedruckt. Sie will nicht zu viel Geld ausgeben, aber sie möchte ja Puerto Rico auch genießen. Ein Eis und einige Straßen weiter sind sie bei besagtem Brunnen angekommen.

Belinda stockt, es ist unwirklich, den Brunnen zu sehen, von dem sie ein Bild hat, als ihre Mutter lächelnd darauf saß. Belinda holt das Bild hervor. Ihre Mutter war sogar noch etwas jünger als sie jetzt. Sie sieht so wunderschön aus, glücklich, sie lächelt frei in die Kamera. Belinda hat sie niemals so glücklich erlebt.

»Ist das deine Mutter?« Sie hat Camilla ganz vergessen. »Ja, das ist sie.« Camilla lächelt. »Sie ist wunderschön, genau wie du, wieso seid ihr nicht zusammen hergekommen?« Sie gehen zu dem Brunnen. Belinda erzählt Camilla stockend, dass sie vor etwas mehr als zwei Wochen bei einem Unfall gestorben sei. Auch wenn sie wieder diese Schwere auf ihrer Brust spürt, ist es das erste Mal, dass sie darüber sprechen kann, ohne zu weinen.

Camilla sieht sie betroffen an und drückt Belindas Hand, als sie beide ihre Schuhe ausziehen und ihre Füße ins kalte Nass des Brunnens eintauchen. Sie sehen zusammen auf das Bild. »Das tut mir so leid, sie wirkt sehr glücklich hier. Wer hat das Bild geschossen?« Belinda zuckt die Schultern und steckt es wieder weg.

»Ich schätze, es war mein Vater, ich bezweifle, dass ich es herausfinden werde. Kennst du den Club 'El Borro'?« Belinda erzählt ihr davon und dass sie zwei Wochen warten müsste, um vielleicht eine Antwort zu bekommen, wobei ja nicht einmal gesagt ist, dass der Mann auf dem Bild überhaupt ihr Vater ist.

Camilla kennt den Club und denkt, dass Belinda auf jeden Fall so lange in Puerto Rico bleiben sollte, um den Besitzer zu fragen, sonst wird sie vielleicht immer bereuen, es nicht getan zu haben. Auch wenn es nur eine kleine Chance ist, sollte sie diese nutzen. Außerdem sagt sie, dass man Belinda die puertoricanische Abstammung ansähe. Sie ist in Camillas Augen ein sexy Mix. Belinda kann nur darüber lachen, solch ein Kompliment von einer Schönheit wie Camilla zu bekommen.

Nachdem sie eine Weile am Brunnen gesessen haben und Belinda Camilla ein wenig von ihrem Leben in Portland erzählt hat, gehen sie noch in die Kathedrale. Es ist ganz ruhig, beide zünden Kerzen für ihre Mutter und Laura an. Als Camilla Belinda danach aufmunternd anlächelt, hat sie das Gefühl, vielleicht so etwas wie eine Freundin gefunden zu haben. Camilla lädt sie noch zum Abendessen zu sich ein. Sie wohnt auch in einem ähnlichen Hotel wie Belinda, nur dass die Wohnungen etwas größer sind und sie sich ihre mit einer anderen Frau teilt, die aber immer unterwegs sein soll.

Sie sitzen lange auf Camillas Balkon und genießen ein leckeres Reisgericht, was sie gemeinsam gekocht haben, dabei erfährt Belinda ein wenig von Camillas Leben. Sie ist vor knapp einem Jahr vor ihrer strengen Familie geflüchtet. Belinda spürt, dass es Camilla schwerfällt, darüber zu reden, sie scheint sehr darunter zu leiden. Sie ist die älteste von drei Schwestern und stammt aus einem kleinen Dorf ganz im Süden Puerto Ricos.

Ihre Eltern sind arm und sehr streng gläubig. Ihre Töchter durften kaum etwas außer lernen und beten. Sie durften keine eigenen Entscheidungen treffen, noch nicht einmal über ihre Frisur oder Kleidung, alles wurde für sie vorbestimmt. Irgendwann wusste Camilla, dass sie abhauen müsste, um endlich leben zu können.

Es ist ihr sehr schwergefallen, sie liebt ihre Familie, doch sie konnte nicht anders. Sie ist nachts geflohen, tagelang war sie unterwegs, bis sie hier gelandet ist. Nun geht sie in San Juan zur Uni und verdient sich das Geld dazu bei Pablo im Casita.

Sie beteuert immer wieder, dass sie das nicht getan hat, um ihre Werte zu vergessen und dass sie deswegen auch nicht mit irgendwelchen Männern ausgeht oder ständig feiert. Sie wollte nur ein selbstbestimmtes Leben führen. Sie möchte nicht, dass man glaubt, sie würde ihre Familie und deren Denken komplett verachten.

Sie hat ihre Familie seitdem nicht wieder gesehen. Auch wenn Belinda das nicht glaubt, ist Camilla fest davon überzeugt, dass sie für ihre Mutter gestorben sei und wechselt schnell das Thema. Jetzt versteht Belinda auch ein wenig, wieso sie Dante so abblitzen lässt.

Camilla erwähnt, dass Dante sie monatelang nur beobachtet hätte. Es hat gedauert, bis er sie angesprochen hat, doch seitdem lässt er nicht locker. Sie haben sich noch nie getroffen, Camilla möchte das nicht, sie sagt leise, dass Dante und die anderen keine Männer sind, auf die man sich einlassen sollte, zumindest nicht, wenn man auf mehr als nur eine Affäre aus ist.

Belinda lauscht Camillas Erzählungen und ist unheimlich froh, sie getroffen zu haben. Sie fährt mitten in der Nacht mit dem Taxi zurück. Ganz zum Schluss hat sie Camilla noch gefragt, was El Jefe bedeutet. Sie hat gehört, wie einer der Bauarbeiter es leise gesagt hat, als sie das Bild gezeigt hat, doch das Wort gibt es im spanischen nicht, sie hat es noch nie gehört.

Camilla erklärt ihr, dass es das puertoricanische Wort für der Boss, der Chef, ist. Nun ist Belinda noch verwirrter, bis ihr einfällt, wie komisch alle reagiert haben. Vielleicht ist der Mann auf dem Bild der Chef des Clubs, dieser Hugo? Das würde Sinn ergeben, vielleicht wollten die Bauarbeiter nur nicht zu viel verraten. Doch wieso hat ihre Mutter dann an einem Ramiro einen Brief geschrieben? Es passt alles nicht zusammen.

Vielleicht hat Camilla recht und sie muss diese zwei Wochen hier verbringen, um wirklich Antworten zu bekommen und sich nicht ein Leben lang diese Fragen zu stellen.

Am nächsten Morgen ist Belinda nicht mehr zu früh im Casita, sie beeilt sich aber trotzdem, pünktlich zu erscheinen. Sie hat eine enge schwarze Hose und ein rotes Top an, dazu trägt sie die Flip Flops von gestern. Als sie im Spiegel ihre Lippen mit Lipgloss betont, bemerkt sie, dass sie bereits nach zwei Tagen in Puerto Rico etwas mehr Farbe bekommen hat. Ihre Haare wirken ein wenig heller und das Grün in ihren braunen Augen sticht mehr hervor. Zufrieden betont sie deshalb ihre Augen etwas mehr und zieht neben der Wimperntusche auch noch einen Eyeliner-Strich, der die Mandelform stärker betont.

Sie schreibt April schnell eine Nachricht und beginnt dann zusammen mit Pablo alles aufzubauen. Heute ist mehr los am Hafen, das merkt man sofort. Es kommen größere Schiffe an mit vielen Containern, auch ihr Café ist gut gefüllt. Camilla kommt wieder etwas zu spät und sie müssen beide von Anfang an schnell arbeiten. Irgendwann hält Camilla sie an den Armen auf und küsst Belindas Wangen. »Zum Glück bist du hier!« Belinda lacht und sie arbeiten weiter.

Am späten Nachmittag dann, als es gerade etwas leerer wird, tauchen plötzlich Dante, Benito und zwei weitere Männer auf. Camilla ist gerade draußen, doch sie wirft Belinda einen flehenden Blick zu und sie kommt heraus und geht zu den Männern an den Tisch. »Belinda, stimmt's?« Sie blickt zu Benito, der genauso verschlafen wie gestern aussieht und lächelt. »Ja.« Dante sieht zu Camilla, die gerade zwei Tische abräumt. Neben ihm sitzen zwei andere Männer, beide sehen sich sehr ähnlich. Ihre Haut hat einen schönen goldbraunen Ton, als wären sie gerade vom Strand gekommen. Die Männer an dem Tisch sehen alle vier sehr gut aus, aber die beiden stechen noch einmal heraus, besonders der Mann, der etwas älter wirkt, sieht fast schon unverschämt gut aus.

Er trägt eine Jeans und ein weißes Shirt mit V-Ausschnitt, was seine muskulösen Arme gut zur Geltung bringt. Bei dem Mann erkennt man ein Teil eines Kreuzes an der Brust und an seinem Hals die Buchstaben LP eintätowiert. Belinda räuspert sich schnell und fängt sich wieder, um nicht zu auffällig zu starren. Der Typ ist echt sexy.

»Was kann ich euch bringen?« Dante lächelt sie an. »Ich nehme wieder eine Cola, Benito wieder einen Cappuccino, er muss mal wieder wach werden. Das sind unsere Cousins Vidal und Elian. Kannst du Pablo bitte Bescheid sagen, dass Vidal da ist?«

Belinda sieht zu dem Älteren der beiden, den sie so angeschmachtet hat und der offenbar Vidal heißt. Auch sein Blick ruht auf ihr, zumindest vermutet Belinda das, ganz sicher ist sie erst, als er seine Sonnenbrille abnimmt. Belinda trifft sofort auf seine dunklen Augen. Er hat dunkelbraune Augen, mit dichten Wimpern, sie mustern sie, ohne eine Regung zu zeigen.

Er ist ein eleganter Mann, sein Gesicht ist schön, doch nicht zu weich, er trägt keinen Bart, hat nichts zu markantes an sich. Doch trotzdem sieht man ihm an, dass man sich mit ihm besser nicht anlegen sollte, gleichzeitig hat er so schön geschwungene Lippen … Herrgott, was fällt Belinda bloß ein? Sie sollte sich zusammenreißen, so etwas ist ihr noch nie passiert.

Der jüngere Mann wendet sich an sie, er muss der Bruder von Vidal sein, sie sehen sich sehr ähnlich. »Kannst du mir bitte auch etwas Kaltes bringen? Eine Cola am besten.« Belinda nickt und sieht nun doch noch einmal zu Vidal. »Und für dich?«

Ein Lächeln legt sich auf sein Gesicht und natürlich lässt ihn das nur noch besser aussehen. Belinda erkennt sich selbst kaum wieder, sie lässt sich selten von solchen Äußerlichkeiten beeinflussen, doch dieser Mann beeindruckt sie. Lewis sah schon gut aus, doch der Mann ist wirklich sehr anziehend und das weiß er garantiert auch.

»Bring mir bitte auch eine Cola.« Belinda nickt und geht schnell ins Café, um nicht noch weiter ins Schwärmen zu geraten. Camilla steht schon am Tresen und bereitet die Getränke zu. Sie muss zugehört haben. »Kennst du die alle? Wieso stellen sie sich mit Namen vor? Das machen andere Gäste doch auch nicht.« Camilla lacht leise. »Dante steht auf mich, du bist meine Freundin und sie sind öfter die Woche hier, deshalb wahrscheinlich. Du bist eine … von uns jetzt, irgendwie, zumindest in deren Augen … Ich weiß selbst nicht, was die sich denken.«

Belinda sieht durch die Scheibe nach draußen, wo die vier Männer gerade von zwei anderen angesprochen werden, die vorbeilaufen. »Wer sind sie? Sie haben ein Auftreten wie … Politiker, ich weiß nicht, sie wirken so … mächtig.«

Camilla sieht auch nach draußen. »Glaub mir, die sind mächtiger als alle Politiker zusammen, sag Pablo Bescheid, dass Vidal da ist, ich erkläre dir alles danach.« Belinda geht in die Küche und Pablo eilt nach draußen. Camilla hilft ihr, die Getränke an den Tisch zu bringen, dazu stellen sie noch Salzstangen und Brot mit Oliven und Olivenöl zum Eintunken auf den Tisch.

Pablo redet sofort auf die Männer ein, trotzdem spürt Belinda genau Vidals Blick auf sich, als sie alles abstellt. Sie sieht noch einmal zu ihm und lächelt, als sie auf seinen Blick trifft. »Braucht ihr noch etwas?« Er schüttelt den Kopf und sie geht zum nächsten Tisch und nimmt die Bestellung auf.

Dieses Mal hilft sie Camilla alles zusammenzustellen und fragt sie weiter nach diesen Männern aus. »Kennst du Familias, Belinda? Die vier gehören zu einer der beiden mächtigsten in Puerto Rico, was heißt, die gehören dazu. Sie sind die Anführer, wobei Vidal der Anführer unter ihnen ist, aber sie alle vier leiten die Familia. Sie sind die Los Puentes. Ihnen gehört fast der komplette Norden Puerto Ricos.

Von Carolina, bis nach Caguas und Guayama zieht sich die Grenze, die Hauptfamilie lebt in Fajardo. Hier in San Juan sind sie nur mehrmals die Woche, um am Hafen ihre Lieferungen abzuholen, sie trauen wenigen, deswegen machen die vier das meistens selbst, obwohl ich Vidal eher selten hier sehe.«

Belinda hat natürlich von solchen Familias gehört. Sie weiß, dass in Ländern wie Puerto Rico sie die Macht haben und nicht irgendwelche Regierungen, auch wenn es nach außen so wirken soll. »Also sind sie gefährlich? Gehst du deshalb nicht mit Dante aus?« Camilla lacht und blickt nach draußen, auch Belinda sieht zu den Männern, die sich noch immer mit Pablo unterhalten. Ihr Blick fällt automatisch zu Vidal, der lehnt sich entspannt zurück und hört Pablo zu. Als alle zu lachen beginnen, muss Belinda lächeln, er hat ein schönes Lachen, der Mann ist wirklich hübsch.

»Natürlich sind die gefährlich, doch das ist nicht der Grund. Ich meine, man sollte sie nicht reinlegen und ich würde nicht unbedingt Geschäfte mit ihnen machen, aber einfach so tun sie niemandem etwas. Darum geht es nicht, es ist eher, dass … Sie leben anders, der Luxus, die Autos, die Partys, die Frauen, die Gewalt, die deren Leben mit sich bringt. Guck doch, wie du zu Vidal guckst. Weißt du, wie verrückt die Frauen nach ihnen sind?

Diese Wirkung haben sie auf alle Frauen, es ist die Mischung aus gutem Aussehen, Macht, Gefahr und Geld. Die haben an jeder Hand zehn Frauen und daraus machen sie auch kein Geheimnis, ich halte mich von so etwas lieber gleich fern. Meine Mutter hat immer gesagt, man muss nicht freiwillig ins Unglück springen.« Belinda fühlt sich ertappt und sieht nicht mehr zu den Männern. »Da hat deine Mutter recht!«

Belinda meidet es, zu dem Tisch der Puentes zu sehen. Irgendwann kommt der Mann, bei dem Belinda am ersten Tag gearbeitet hat und gibt Bescheid, dass am Abend auf den Dächern gegrillt wird. Zwar weiß Belinda nicht was er meint, aber Camilla ist begeistert und sagt, dass sie unbedingt dahin müssen. Es wird leerer und Belinda beobachtet, wie die vier Männer sich erheben und zu einem riesigen Containerschiff gehen, auf dem sie für eine Weile verschwinden.

Erst als sie langsam anfangen die Tische einzuräumen, taucht plötzlich Vidal auf und hält ihr einen 100-Dollar-Schein hin. »Stimmt so.« Er sieht zu Camilla, die auch vor dem Café ist. »Camilla, Dante hat bald Geburtstag. Er würde sich freuen, wenn du kommen würdest, du kannst auch gerne deine Freundin mitbringen.« Camilla sieht auf, während sie den Tisch abwischt. Belinda bedankt sich für das viele Trinkgeld, es ist keine Frage mehr, diese Familia hat offenbar mehr als genug Geld.

»Eigentlich sind solche Partys nicht mein Ding ...« Vidal lacht leise und sieht zu Camilla. »Du weißt doch noch gar nicht, wie diese Party aussehen wird, sei nicht so hart zu ihm und versuch mal, deine Vorurteile zu vergessen. Dante ist ein guter Kerl und er mag dich wirklich.« Belinda wendet sich nun auch zu Camilla um und legt ihren Kopf etwas schief. Sie hätte nichts dagegen, einmal solch eine Party zu besuchen. Wenn sie Puerto Rico schon kennenlernen möchte, dann doch mit allen Facetten, in Portland würde sie von so etwas Abstand halten, aber hier kann sie sich auch mal etwas wagen.

»Ich überlege es mir, okay?« Es hupt hinter ihnen. »Na gut, aber denk wirklich drüber nach. Mach's gut, Belinda.«

Belinda dreht sich wieder zu ihm um, doch er ist schon dabei, in einen von vier Geländewagen zu steigen, die nur kurz vor ihrem Café halten, damit Vidal einsteigen kann. Sie sieht zu, wie die Wagen das Hafengelände verlassen. Camilla stellt sich zu ihr.

»Jetzt sag nicht, du hast dich auch noch von denen einwickeln lassen.« Belinda lacht. »Ich bin hier bald wieder weg, aber ich muss zugeben, dieser Vidal ...« Camilla lacht. »Ich weiß, sie alle sind anziehend, deswegen versuche ich, mich gar nicht erst darauf einzulassen.«

Sie schließen den Laden und gehen dann zusammen mit Pablo zu den großen Lagerhallen. Belinda staunt nicht schlecht, als sie diese fast leer vorfinden. Sie klettern auf Leitern die Hallen hoch und landen auf den Dächern, wo sich viele Händler und Verkäufer eingefunden haben. Der frische Fisch wird gegrillt und das leckere Obst verteilt, es gibt Limonade und Musik aus allen Teilen der Erde.

Belinda war nicht oft auf Feiern in ihrem Leben, doch hier kann man gar nicht anders, als sich von der Stimmung anstecken zu lassen. Sie tanzen, essen und lachen, bis unzählige Sterne über ihnen am Himmel von Puerto Rico erscheinen.

Als Belinda ihre Nase in den warmen Nachthimmel steckt und sich die Sterne ansieht, versteht sie das erste Mal, wieso ihre Mutter diesen Ort so geliebt hat und sie ist sich sicher, dass sie, gerade jetzt, lächelnd auf sie vom Himmel herabblickt.

Kapitel 6

Die nächsten zwei Tage taucht keiner der Puentes auf. Belinda wäre das wahrscheinlich gar nicht aufgefallen, würde Camilla nicht immer schlechtere Laune bekommen. Auch wenn sie ziemlich überzeugend wirkt, wenn sie erklärt, warum sie Dante überhaupt nicht mag, spricht ihr ständig in der Gegend umherschweifender Blick eine ganz andere Sprache. Belinda fällt allerdings auf, dass sich hier mehrere solcher Männer wie Dante und Vidal herumtreiben. Manchmal setzen sie sich auch kurz in ihr Café, aber auch die anderen Cafés hier sind gut von ihnen besucht.

Man sieht hier viele Männer, die Waffen tragen. Belinda versucht es zu ignorieren, sie ist sich sicher, dass sie sich daran niemals gewöhnen könnte, doch sie ist nur einige Tage hier und muss sich daran auch gar nicht gewöhnen. Belinda besucht das Nationalmuseum, sie will dieses Land noch besser kennenlernen. Heute ist bereits ihr fünfter Tag in Puerto Rico. Sie findet es toll hier, doch diese Begeisterung, die ihre Mutter offenbar für dieses Land aufgebracht hat, kann sie noch nicht so ganz nachvollziehen.

Belinda telefoniert täglich mit April, sie wünschte, ihre beste Freundin wäre auch hier. Sie und Camilla reden auf Belinda ein, wenigstens zu warten, bis dieser Hugo da ist, danach kann sie immer noch aufgeben. Belinda hat immer weniger Hoffnungen auf Antworten, vielleicht hat sie aber auch tief in sich die Angst, dass sie die Antworten gar nicht hören möchte.

Immer noch völlig im Unklaren, zu was sie dieser kurze Aufenthalt in Puerto Rico bringen wird, beginnt sie den fünften Tag. Belinda hat heute morgen nur noch das neu gekaufte Kleid zum Anziehen gehabt, sie muss nach der Arbeit sofort zum

Waschsalon gehen, der sich in der Nähe des Supermarktes befindet. Mittlerweile versteht sie sich auch mit Pablo immer besser, zusammen mit ihm sucht sie in einem Touristenführer am späten Nachmittag heraus, was sie sich noch unbedingt ansehen sollte. Kurz bevor sie anfangen einzuräumen, tauchen dann plötzlich doch noch Vidal und Dante auf.

Da Camilla eigentlich erwähnt hat, dass Vidal eher selten herkommt, hatte Belinda wenig Hoffnung, ihn nochmal zu sehen. Doch als sie die beiden mit einem weiteren Mann auf das Café zukommen sehen, klopft ihr Herz gleich ein wenig schneller. Er trägt heute eine schwarze Jeans und ein blaues Hemd, das oben locker aufgeknöpft ist. Er telefoniert, trotzdem lächelt er und nickt, als er Belinda entdeckt. Sie bleibt kurz stehen und lächelt zurück.

Camilla kommt in dem Moment heraus, als die drei an ihrem Café vorbeigehen. Offenbar sind sie heute spät dran und haben keine Zeit mehr etwas zu trinken, sie wirken etwas in Eile. Trotzdem kommt Dante kurz die drei Stufen zu ihrer Terrasse nach oben und beugt sich zu Camilla, um ihr leise etwas zuzuflüstern. Belinda findet die beiden sehr niedlich zusammen, aber Camilla muss natürlich selbst wissen, was gut für sie ist und was nicht.

Schon seit einer halben Stunde stehen schräg gegenüber von ihrem Café mehrere Männer an einem großen weißen Speedboot, das heute vormittag angekommen ist und laden Kisten ein. Sie wirken nicht weniger gefährlich als Vidal oder Dante. Belinda sind sie sehr schnell aufgefallen. Da es immer heißer wurde, hat sich einer das Shirt ausgezogen und Belinda hat an seiner Seite den verschnörkelten Schriftzug Cinco Sombras entdeckt.

Belinda hat bisher nur gesehen, dass sich die bewaffneten Männer hier, die wohl alle zu irgendwelchen Familas gehören, begrüßen. Doch als diese Männer und die Los Puentes sich bemerken, gefriert Belinda das Blut in den Adern bei den Blicken, die sie sich zuwerfen. Dass das keine Freunde sind, ist mehr als offensichtlich.

Sobald Dante wieder weggeht, fragt Belinda Camilla, was da los ist. Auch wenn Vidal, Dante und der andere Mann, den Belinda noch nie gesehen hat, wieder auf einem größeren Containerschiff verschwinden, spürt man noch immer diese Unruhe. Sie haben sich nur böse Blicke mit den anderen Männern zugeworfen und trotzdem ist die Gefahr, die von diesem Aufeinandertreffen ausgeht, spürbar, selbst für eine Außenstehende wie Belinda. Die Männer, die Kisten verladen, sehen wütend am Hafen entlang. Einer zieht eine Maschinenpistole und stellt sich vor die Kisten. Belinda traut ihren Augen nicht, sie kommt sich vor wie mitten in einen Mafiafilm hineingebeamt. Einige zücken sogar komplett ihre Waffe.

Camilla sieht unbeeindruckt einen Augenblick zu den Männern vor dem Speedboot und zuckt die Schultern. »Das ist neben den Los Puentes die zweitgrößte und stärkste Familia in Puerto Rico, und natürlich sind die beiden Familias absolut miteinander verfeindet.« Belinda sieht besorgt auf die Männer und das Containerschiff, auf dem Vidal und die anderen verschwunden sind. »Aber sie gehen sich aus den Weg?« Camilla wischt die Tische ab und Belinda beginnt die Stühle zusammenzuklappen. »Ja, hier am Hafen müssen sie das. Alle Familias bekommen hier ihre Ware und verschicken sie von hier, die anderen Häfen sind dafür zu klein.

Es gab viele Kämpfe der Familias um den Hafen, an einigen Gebäuden findest du bis heute noch Einschusslöcher aus dieser Zeit. Es war so schlimm, dass der Hafen für mehrere Monate geschlossen blieb. Da haben alle verstanden, dass es so nicht geht und alle Familias aus Puerto Rico haben ihre Anführer zu einem Treffen geschickt.

Es haben sich alle darauf geeinigt, dass ganz San Juan eine freie Zone ist, in der sich alle Familias wegen der Geschäfte aufhalten dürfen und keiner Streit anfangen darf. Man muss sich aus dem Weg gehen, allerdings gilt das nur für San Juan, danach beginnen die Gebiete, die einzuhalten sind.« Camilla grinst zufrieden.

»Du siehst, wir sind ziemlich sicher hier!« Belinda schüttelt ungläubig den Kopf, wenn sie April davon erzählt, glaubt sie ihr kein Wort. Ob ihre Mutter gewusst hat, wie das alles hier läuft? Vielleicht war das mit den Familias aber auch noch nicht so verbreitet, als sie damals hier war. Belinda bleibt stehen und wartet auf den einsetzenden Schmerz, ein Stich, der mitten durch ihr Herz fährt, jedes Mal, wenn sie an ihre Mutter denkt, doch dieses Mal bleibt dieser Stich aus. Zumindest verspürt sie ihn nicht so intensiv wie die Tage davor. Vielleicht wird es besser, weggehen wird dieser Schmerz nie, aber vielleicht wird es einfach nur erträglicher.

»Können Sie noch einmal so gucken?« Belinda wendet sich an den letzten Gast, der noch auf ihrer Terrasse sitzt. Es ist ein etwas dickerer Mann mit schwarzen Locken, die ihm bis auf die Schultern gehen und die er sich aufgeregt zu einem Zopf bindet, vor sich hat er auf dem Tisch einige Fotos ausgebreitet. »Wie bitte?« Er deutet auf ihr Gesicht. »Wenn du so lächelst wie gerade, kannst du das nochmal machen?«

Ihr Blick war ihm wohl Antwort genug, er lacht und steht auf, um ihr die Hand hinzuhalten. »Tut mir leid, mein Name ist Oro, ich besitze mehrere Boutiquen hier und wir machen gerade Bilder für einige neue Plakate und einen Katalog. Ich suche noch nach etwas Besonderem und als ich dich gerade sah, dachte ich einfach nur ... wow.« Pablo stellt sich zu ihr und auch Camilla hört mit.

70

»Danke.« Der Mann deutet auf die Bilder, und Camilla und sie sehen auf die vielen bunten Polaroids, die am Strand geschossen wurden. Es sind meist blonde Frauen oder Latinas, die ziemlich schöne Sachen tragen und in die Kamera lächeln. »Ich finde, du bist ein Mix aus hell und dunkel und zudem wirklich schön. Wenn du Interesse hast, würde ich gerne die Highlights meiner Kollektion mit dir machen. Ich habe viele helle und dunkle Models, du könntest das Highlight sein, als gute Mischung aus beidem. Hast du schon einmal gemodelt?«

Belinda schüttelt den Kopf und denkt an die Frau auf der Fähre zurück. »Okay, kein Problem, hättest du Interesse? Es gibt 300 Dollar für das Shooting, was übermorgen Nachmittag stattfindet, es ist schon vieles im Kasten, aber halt die wichtigsten Teile noch nicht, es wären ungefähr drei bis vier Stunden. Das Shooting ist in Luquillo, das ist mit dem Auto nur eine halbe Stunde entfernt. Ihr dürft außerdem alle Klamotten behalten, die ihr getragen habt, hast du Interesse?«

Belinda sieht von den Bildern hoch zu Camilla, die aufgeregt nickt. Wieso nicht, die Bilder sind alle professionell und man sieht hier auf dem Tisch alle Unterlagen, der Mann lügt nicht. Es ist schnell verdientes Geld, Belinda kann mit keiner dieser hübschen Frauen auf den Bildern mithalten, doch wenn er denkt, er möchte sie für die Aufnahmen haben, wieso nicht. »Wann wäre das genau? Ich muss arbeiten und habe auch kein Auto.« Der Mann packt seine Sachen zusammen. »Ich würde dich hier um drei abholen lassen, geht das?«

Belinda sieht zu Pablo, der die Schultern zuckt. »Wenn ich einen Abzug des Bildes bekomme, kann ich angeben, dass ein Model hier arbeitet, für die drei Stunden kommen wir schon klar.« Oro lacht und gibt Pablo die Hand, danach auch Belinda und Camilla, die noch aufgeregter als sie wirkt. »Abgemacht, also übermorgen um drei und versuche am besten komplett ungeschminkt zu sein, wir stylen dich dann am Strand.«

Belinda sieht ihm ungläubig hinterher. Wenn sie so weitermacht, kommt sie mit ziemlich viel Geld zurück nach Portland, besser kann es nicht laufen. Sie kann es gut gebrauchen als Kaution für eine neue Wohnung. »Das ist doch super. Siehst du, ich wusste doch, dass es gut läuft für dich in Puerto Rico, es ist so, als gehörst du hierher.« Belinda mag Camilla mittlerweile sehr und legt den Arm um sie. »Nach dem Shooting komme ich dich abholen und wir machen etwas zusammen, okay?« Camilla nickt. »Und wenn da Kleider umherfliegen, die eine Nummer größer als deine sind, pack sie ruhig auch ein.« Belinda lacht und sie räumen schnell ein.

Zufrieden holt Belinda danach die große Tasche mit ihrer Schmutzwäsche und ein Buch und läuft die engen Straßen bis zum Waschsalon. Heute ist es besonders schwül. Plötzlich kommt Belinda der Weg viel länger vor, was aber natürlich auch an der schweren Tasche liegen kann. Zum Glück ist sie die Einzige im Salon, sie hatte immer eine Waschmaschine und hat so einen Salon nie besucht. Da keiner da ist, schiebt sie ihre Wäsche gleich in drei Maschinen auf einmal und kramt nach Kleingeld. Genau in dem Moment, als sie alle drei Maschinen eingeschaltet hat, bemerkt sie, dass sie jetzt gar nicht das Geschäft verlassen kann.

Sie hatte vor, noch etwas einzukaufen in der Zeit, doch hier gibt es keine Sicherungen. Wenn sie weggeht, kann jeder die Maschinen stoppen und ihre Wäsche entnehmen. Sauer sieht Belinda auf die noch verbleibenden 90 Minuten und setzt sich mit dem Buch auf den einzigen Sitzplatz, einen Tisch in einer Ecke, der sicherlich zum Falten der Wäsche gedacht ist.

Belinda konzentriert sich auf die Liebesgeschichte in ihrem Buch. Die Hauptfigur, eine schüchterne Studentin, beginnt gerade eine heiße Affäre mit ihrem Professor. Belinda klappt das Buch nach einer halben Stunde genervt und durstig zu, die Geschichte fesselt sie nicht und das bedeutet, das Buch wird wieder in irgendeiner Ecke landen.

Belinda tritt an die Tür. Sobald sie den klimatisierten Raum verlässt, schlägt ihr die Wärme massiv entgegen. Schräg gegenüber steht eine große Garage einer Werkstatt offen und mehrere Männer stehen vor einem Wagen, der ihr bekannt vorkommt. Belinda sieht genauer hin. Das ist doch eines der Autos, mit denen Vidal und Dante immer am Hafen sind. Sie sieht noch einmal zu den Männern und erkennt Vidal, der auf die Reifen des Wagens zeigt.

Im gleichen Augenblick hupt jemand auf der Straße und die Männer wenden sich alle um. Belinda hat Vidal angestarrt und das ist nicht das erste Mal. Doch dieses Mal muss er ihren Blick gespürt haben, denn er sieht zu ihr und erkennt sie. Ein Lächeln bildet sich auf seinem Gesicht.

Die Männer widmen sich wieder dem Auto. Einen Moment überlegt Belinda, Vidal zu rufen, sie hat wirklich Durst. Vielleicht kann sie ihn bitten, kurz hier zu warten, damit ihr nichts gestohlen wird, doch sie verwirft den Gedanken schnell wieder und geht zurück in den Raum. Sie kennt ihn fast gar nicht.

Widerwillig setzt sie sich zurück auf den Tisch und klappt das Buch wieder auf. Sie lehnt sich an die Scheibe und winkelt ihre Beine an. Wenn sie irgendwelche gefährlichen, bewaffneten Männer anhimmelt, sollte sie den beiden vielleicht doch noch eine Chance geben. Gegen ihre neue Vorliebe wirkt eine Affäre mit dem Professor fast schon normal.

»Hey, ich hoffe ich störe nicht.« Keine fünf Minuten später blickt Belinda vom Buch auf, als Vidal den Laden betritt und zu ihr blickt. Belinda legt das Buch weg. »Nein, gar nicht, im

Gegenteil.« Vidal kommt herein. »Ich hätte dich fast gar nicht erkannt, so ohne Schürze.« Belinda lächelt.

»Ab und zu lege ich die auch mal ab, ich musste Wäsche waschen, das erste Mal in meinem Leben in einem Waschsalon und alles läuft gleich schief. Was tut ihr hier? Ich hatte euch doch vorhin noch am Hafen gesehen.« Vidal kommt zu ihrem Tisch und lehnt sich an ihn, dabei behält er Belinda genau im Blick. Es ist faszinierend, wie anziehend er auf sie wirkt, sie würde gern noch näher rutschen, um seinen Geruch noch intensiver mitzubekommen, doch sie schaltet ihren Verstand gerade rechtzeitig wieder ein.

»Als wir gerade zurück wollten, müssen wir über einen Nagel gefahren sein. Am Hafen passiert so etwas öfter. Eigentlich haben wir einen Termin. Dante ist jetzt vorgefahren und ich lasse schnell den Reifen wechseln. Was läuft denn hier so schief? Die Waschmaschinen funktionieren doch.« Belinda sieht zu den Maschinen. »Ja, aber ich dachte, die wären irgendwie gesichert und ich könnte hier raus, um mir etwas zu trinken zu kaufen. Sind sie aber nicht und ich bin hier gefangen.«

Vidals Handy klingelt. Er lächelt und nimmt das Gespräch an, dabei bemerkt sie auf seiner Hand zwischen Daumen und Zeigefinder genau wie an seinem Hals die Initialen LP. Er fragt wer dran ist und erhebt sich dann. Ohne weiter auf den Anrufer zu achten, wendet er sich an Belinda. »Was willst du trinken? Ich hole es dir.« Belinda hat wirklich Durst und erklärt leise, dass es ihr egal sei, Hauptsache etwas Kaltes. Als er fragt, ob sie noch etwas brauche, schüttelt sie den Kopf und sieht Vidal hinterher, wie er telefonierend hinüber zu einem Kiosk geht.

Sie nimmt schnell ihr Handy heraus und schreibt April, dass sie jemanden kennengelernt habe, der sie gerade vor dem Verdursten rettet und dabei zu sexy aussieht. April ruft sofort an, doch Vidal kommt in dem Moment zurück und Belinda macht das

Handy aus, ihre beste Freundin muss sich noch etwas gedulden. Belinda lächelt, als Vidal noch immer jemandem am Telefon erklärt, dass er in ungefähr einer Stunde zu irgendeinem Treffen erscheinen wird, während er vier Dosen mit Cola und Sprite, Kekse und Gummitiere auf den Tisch legt.

»Danke!« Sie leert fast eine ganze Dose der kalten Limonade und nimmt sich einen Keks, während Vidal das Telefonat beendet und sie neugierig ansieht. »Du hast einen anderen Dialekt, woher kommst du wirklich?« Er setzt sich zu ihr und Belinda beginnt, ihm ein wenig von sich zu erzählen.

Sie kennt ihn kaum und ist vorsichtig, was sie ihm erzählt. Als sie erwähnt, dass ihre Mutter vor einigen Wochen gestorben sei und sie diese Hinweise und Bilder gefunden hat und nur deshalb gerade hier ist, deutet sie auf das Bild ihrer Mutter, das sie gerade als Lesezeichen benutzt.

Sie hat die ganze Zeit Vidals Blick auf sich gespürt, doch erst jetzt sieht sie in sein Gesicht. Eigentlich wollte sie nur alles andeuten, doch führt ja immer alles zum nächsten und so hat sie ihm einfach eine Zusammenfassung ihres Lebens gegeben.

»Das tut mir leid mit deiner Mutter, sie ist sehr hübsch gewesen, du bist zwar dunkler als sie, aber du hast auch viel von ihr.« Belinda lächelt und erzählt ihm, dass sie hoffe, ihren Vater hier zu finden und dass sie in einer Woche einen Mann treffen wird, der ihr vielleicht weiterhelfen kann.

»Deswegen bist du in Puerto Rico? Um deinen Vater zu finden?« Belinda zuckt die Schultern. »Irgendwie schon, ich weiß es nicht. Ich spüre, dass ich mir nicht viel Hoffnungen machen sollte, doch ich habe diese Bilder gesehen und wusste, dass ich herkommen muss, dass ich es zumindest einmal versucht haben sollte.«

Es fühlt sich komisch an, sie kennt Vidal kaum, doch erzählt ihm ihr halbes Leben. Vielleicht fühlt es sich aber auch genau deshalb nicht falsch an, sie werden sich sicher nicht mehr oft sehen, es ist also nicht so schlimm, wenn er weiß, wie verkorkst sie ist. »Ich hoffe wirklich, du hast Glück, doch mach dir auch nicht zu große Hoffnungen. Puertoricanische Männer leben gerne wild, und wenn deine Mutter im Urlaub hier war, ist die Wahrscheinlichkeit, dass er sich noch daran erinnert, eher gering.«

Kaum ein Mensch würde ihr das so knallhart sagen, doch Belinda schätzt es, wenn man ehrlich zu ihr ist. Sie greift nach einem Keks und sieht betrübt aus dem Fenster. »Ja, das weiß ich, ich hatte sogar vor wieder abzureisen, doch alle raten mir, es wenigstens zu probieren. Wenn es nicht klappt, ich ihn nicht finde oder er nichts mit mir zu tun haben möchte, weiß ich wenigstens Bescheid, doch so werde ich mich sonst immer fragen ... Was wäre, wenn?« Die Maschinen piepsen, es ist unmöglich, dass die Zeit so schnell vergangen ist. »Das stimmt, das solltest du, warte, ich helfe dir mit den Maschinen.«

Zusammen holen sie die Wäsche aus den drei Maschinen und legen sie auf den Tisch. Belinda beginnt sofort sie zu falten, während Vidal grinsend auf zwei Spitzenhöschen sieht, die Belinda schnell in die Tasche zurückwirft. »Ich gucke mal, wie weit das Auto ist, dann bringe ich dich noch nach Hause, okay?« Belinda lächelt und nickt. Sie würde gern noch mehr Zeit mit Vidal verbringen, sie fühlt sich wohl mit ihm.

Belinda beeilt sich, ihre Wäsche zusammenzulegen und zurück in die Tasche zu stapeln. Der Geländewagen hält vor dem Salon, Vidal steigt aus und kommt zu ihr. Er nimmt ihr die Tasche ab und hält ihr die Beifahrertür auf. Dieses Mal erhascht sie einen Hauch seines würzigen Duftes und lächelt zufrieden, bis sie sich ins Auto setzt.

Belinda erschrickt, als sie hinten den anderen Mann sitzen sieht, der vorhin mit Dante und Vidal unterwegs war. »Belinda, das ist Aarón, mein bester Freund.« Vidal setzt sich neben sie und startet den Motor. Belinda lächelt den Mann an und der nickt leicht. Sie wendet sich lieber schnell wieder nach vorn, Aarón hat etwas Eigenartiges an sich. Er ist dunkel, fast wie April, doch alles an ihm ist düster. Er hat eine Glatze und darauf ist LP eintätowiert, zudem hat er eine platte und leicht schiefe Nase, sie sieht aus, als wäre sie mehrere Male gebrochen worden und nie wieder ganz verheilt.

Belinda versucht zu ignorieren, dass er hinten sitzt, auch wenn ihr seine Anwesenheit eine Gänsehaut bereitet. Sie mag es nicht, so vorschnell zu urteilen, doch ihr Gefühl sagt ihr, dass etwas mit Aarón nicht stimmt. Sie deutet Vidal den Weg zu ihrem Motel, er weiß ja nun, dass sie nur für kurze Zeit hier ist und wundert sich nicht darüber, wo sie untergekommen ist.

Er steigt mit ihr zusammen aus und sagt seinem besten Freund, dass er gleich zurück sein wird. Kaum sind sie beide allein, fühlt sich Belinda wieder viel wohler. Er trägt ihre Tasche und sie betreten zusammen das Motel. Der Mann weiß, wie man eine Frau behandelt, auch wenn man das einem Anführer einer Familia nicht unbedingt zutrauen würde.

»Wie lange kennst du Aarón schon?« Sie steigen die Treppen hinauf. »Lange, ewig. Nimm es ihm nicht übel, falls er dir zu ruhig vorkommt, Aarón spricht nicht.« Belinda bleibt stehen. »Ist er stumm? Hat er keine Stimme oder was bedeutet, er spricht nicht?« Sie bleiben vor ihrer Tür stehen und Belinda schließt auf.

»Ich weiß es nicht, er spricht halt einfach nicht, schon von dem Tag an, wo ich ihn getroffen habe. Ich habe ihn nie gefragt, ich akzeptiere ihn einfach wie er ist.« Belinda schüttelt den Kopf, unglaublich. Vidal weiß nicht mal, ob es angeboren ist oder was Aarón fehlt, er hat nie danach gefragt. Er akzeptiert es einfach wie es ist, Belinda könnte das niemals.

Vidals Handy klingelt, wie so oft, seitdem sie zusammen sind, doch er hat es immer klingeln lassen, bis auf das eine Mal ganz am Anfang. »Ich muss los.« Belinda schiebt die Tasche in ihre kleine Wohnung und es bildet sich ein kleines Lächeln auf Vidals Lippen, als er in die Wohnung sieht. »Danke, dass du mir geholfen hast, jetzt und in dem Waschsalon. Sag mal, hast du eine Freundin oder wer ruft dich da die ganze Zeit an? Ich bemerke gerade, dass wir die ganze Zeit von mir geredet haben und ich weiß noch gar nichts von dir, von deinem Leben.«

Vidal lacht leise. Belinda könnte ihn ewig so anschmachten, er ist so hübsch. »Ich habe keine Freundin, das ist rein geschäftlich und ich fand es sehr interessant, was ich heute über dich erfahren habe.« Belinda schmunzelt. »Keine Freundin? Stimmt ja, ich habe gehört, Männer wie du haben zehn Frauen zur gleichen Zeit.« Nun lacht Vidal laut auf und legt den Kopf etwas schief.

»Glaub nicht alles, was du hörst, beim nächsten Mal bist du dran und kannst mir Fragen zu meinem Leben stellen, auch wenn ich bezweifle, dass du das alles wirklich wissen möchtest. Jetzt muss ich wirklich langsam los.« Belinda lächelt und geht in die Wohnung, während Vidal langsam zu den Treppen geht. »Beim nächsten Mal, also sehen wir uns wieder?« Vidal dreht sich noch einmal um. »Ich schätze schon.«

Belinda lächelt. »Viel Spaß bei deinen geschäftlichen Dingen, die du jetzt noch zu tun hast.« Sie bemerkt Vidals Waffe im Hosenbund, er bemerkt ihren Blick und räuspert sich. »Wie gesagt, wenn du möchtest, kannst du mich das nächste Mal befragen.«

Sie nickt, doch dann fällt ihr noch etwas ein und sie wird mutiger, sie flirten miteinander. Wie lange hat sie nicht mehr mit einem Mann geflirtet und dann auch noch mit jemandem wie Vidal?

»Eine Sache habe ich schon bemerkt. Camilla meinte, dass du selten am Hafen bist, ich habe dich aber jetzt schon zweimal dort gesehen, seitdem ich dort arbeite.« Vidal wendet sich noch einmal um und nun grinst er sie frech an, als hätte sie ihn bei etwas Verbotenem erwischt. Ein Grübchen bildet sich auf seiner rechten Wange.

»Na dann weißt du doch schon etwas sehr Wichtiges, pass auf dich auf, Belinda.« Sie lacht leise und schließt die Tür hinter sich, lehnt sich dagegen und ruft mit klopfendem Herzen ihre beste Freundin an.

Kapitel 7

»Das ist großartig, sieh noch einmal in die Richtung und versuche, die Augen offen zu halten.« Belinda atmet tief ein und versucht sich noch einmal anzuspannen. Sie ist schon seit fast drei Stunden dabei, Bilder zu machen. Was am Anfang so leicht gewirkt hat und Spaß gemacht hat, wird langsam immer anstrengender. Aber sie sind an einem traumhaften Strand. Belinda hat in mehreren Kleidern, Strandhosen und zwei Bikinis Aufnahmen gemacht und alle Kleidungsstücke sind wirklich schön.

Sie hat jetzt schon drei Tüten mit Kleidungsstücken, die sie behalten darf, auch für Camilla konnte sie einiges abstauben. »Sehr schön, ich denke, dieses Motiv könnte sogar als Cover genommen werden, wenn du in die Sonne siehst, sind deine Augen einfach unglaublich.« Oro ist schon die ganze Zeit dabei mit einem Fotografen, außerdem auch noch vier weitere Models, die ebenfalls noch Aufnahmen machen müssen.

»Okay, das war's Belinda, sehr schön. Es ist noch ein Kleid da, und sage der Visagistin, es wird eine Halbwasseraufnahme.« Belinda nickt und geht langsam zu den Wohnwagen, die am Strand stehen. Es ist traumhaft hier. Belinda ist jetzt seit einer Woche in Puerto Rico und das erste Mal am Strand. Der Sand ist weiß, etliche Palmen und das himmelblaue Meer lassen einen so vorkommen, als wäre man direkt im Paradies gelandet. Zweimal war sie im Wasser, um im Bikini Aufnahmen zu machen.

Belinda hat das Gefühl, jetzt schon einiges an Farbe abbekommen zu haben. Der Sand ist richtig heiß, Belinda zieht die Flip Flops über und spürt, wie ihr Magen knurrt. Wie versprochen wurde sie direkt von der Arbeit abgeholt und hergebracht, jetzt langsam muss sie mal etwas essen. Wenn man den Strand ein wenig entlangläuft, sieht man ein sehr vornehm aussehendes

Restaurant. Es ist auf einer dicken Plattform über dem Meer gebaut und es muss fantastisch sein, dort zu essen. Doch wenn Belinda das macht, hat sie sicherlich sofort alles Geld ausgegeben, was sie heute verdient hat.

»Das war sehr gut.« Eines der anderen Models läuft an Belinda vorbei zum Fotografen. Das sind Models. Sie sind viel größer, viel schlanker, viel eleganter. Kurz hat Belinda bei Aufnahmen neben zweien von ihnen gestanden und sich sehr unwohl gefühlt. Wenn sie sich diese Frauen ansieht, versteht sie nicht, was sie hier überhaupt soll, doch Oro ist überzeugt von ihr. Deswegen verdrängt sie diese Gedanken, macht die Bilder und geht dann hoffentlich mit Camilla etwas essen.

Sobald sie im Wohnwagen ankommt, sieht sie auf ihr Handy und bemerkt, dass sie es nicht schaffen wird Camilla abzuholen, wie sie es besprochen haben. »Ich muss noch eine Halbwasseraufnahme machen.« Die Frau, die sie schon die ganze Zeit geschminkt hat, nickt nur genervt, für sie war der Tag noch länger als für Belinda. Sie setzt sich vor den großen Spiegel und ruft Camilla an.

Mittlerweile kann sie Camilla schon eine Freundin nennen, es fühlt sich zumindest so an, und neben April, die jeden Abend jeden von Belindas Schritten erzählt bekommt, erfährt nun auch Camilla, was alles passiert ist. Nach ihrem zufälligen Treffen mit Vidal im Waschsalon hat sie ihr auch alles erzählt.

Camilla hat ihr erklärt, dass es Gerüchte über Vidal gibt, er hätte einmal wegen einer Frau den Verstand verloren. Seitdem sieht er Frauen nur noch als nützlich, um Spaß zu haben, doch da Belinda eh nicht mehr lange hier sein wird, hat sie sowieso nicht vor, hier den Mann des Lebens zu finden.

Belinda hat beschlossen, in genau einer Woche noch einmal in den Club zu gehen und ihr Glück zu versuchen, danach wird sie Puerto Rico wieder verlassen. Deswegen macht sie sich auch nicht solche Gedanken darüber, wer Vidal ist oder was man über ihn sagt. Sie mag ihn und findet ihn sehr anziehend. Es hat gut getan, mit ihm zu flirten. Doch sich so viele Gedanken zu machen, wie es Camilla wegen Dante tut, muss sie nicht und wenn sie sieht, wie schwer sich Camilla damit tut, gegen ihre Gefühle für Dante anzukämpfen, ist sie froh darüber.

Deswegen hat es ihr auch nichts weiter ausgemacht, dass gestern keiner der Los Puentes aufgetaucht ist. Vor einer Stunde allerdings hat Camilla ihr geschrieben, dass Vidal und Dante gekommen sind, Vidal hat nach Belinda gefragt, doch sie ist ja am Strand und kann ihren Flirt nicht fortführen.

Camilla geht ans Telefon. »Na, du Model, hast du unser Date vergessen?« Belinda lacht leise. »Nein, niemals, aber ich komme hier noch nicht so schnell weg, außerdem ist es traumhaft, du solltest herkommen. Warst du schon mal hier am Strand? Wir finden sicher auch ein nettes Restaurant irgendwo an der Strandpromenade. Hast du schon Schluss?« Belinda hört das Lachen von Dante im Hintergrund, also sind sie noch da.

»Ja, wir schließen gleich. Ich habe doch kein Auto und der Bus nach Luquillo fährt nur jede Stunde. Sonst komm einfach …« Dante unterbricht sie. »Wir fahren jetzt auch los, es ist unser Gebiet und liegt auf unserem Weg. Wir können dich da absetzen, Camilla.« Belinda lächelt, sie kann sich das genervte Gesicht von ihrer Kollegin gut vorstellen. »Lass dich fahren, Camilla, komm schon. Lass uns einen schönen Nachmittag verbringen.«

Hätte Dante sie einfach so gefragt, ist sich Belinda sicher, hätte Camilla nicht zugestimmt, doch so lässt sie sich breitschlagen und von Dante nach Luquillo bringen. Während Belinda geschminkt wird, muss sie an ihre Mutter denken. Ob sie das Meer hier auch so geliebt hat? Belinda erinnert sich, wie sie einmal an einem See waren. Belinda war fasziniert von dem unendlich wirkenden Wasser und ihre Mutter hat ihr damals lachend erklärt, dass dies nur ein kleiner See ist und ihr vom Meer erzählt.

Von seinem Wind, den Wellen, dem Geruch und den Gefühlen, die es in Menschen auslöst. Sie hat damals sicherlich niemals damit gerechnet, dass Belinda jetzt hier in Puerto Rico am Strand ein Shooting hat, es passiert so viel, womit keiner gerechnet hat.

»Alles okay? Habe ich dich im Auge getroffen?« Belinda nimmt sich zusammen und schluckt die Tränen hinunter. »Nein, nein, es ist alles in Ordnung.« Ihre Haare werden durchgelockt und fallen ihr bis unter die Brust. Wie bei allen Make-ups heute werden besonders ihre Augen betont, aber dieses Mal besonders stark, ihre Haare werden an den Spitzen nass gemacht. Sie bekommt ein silbernes Kleid an, welches mit Pailletten besetzt ist.

Der Fotograf erklärt ihr, dass sie so tun solle, als müsste sie eigentlich zu einer wichtigen Gala, deswegen das Kleid und die silbernen Ohrringe, doch das Meer hätte sie noch mehr gereizt und sie solle das jetzt zeigen.

Belinda kniet sich halb in den Sand, halb ins Meer, ihre Haare werden noch etwas nasser gemacht. Sie greift in den Sand und lässt ihn durch ihre Finger rieseln. »Das ist es, guck ernst zu mir, zeig mir, dass du es hier liebst, aber nicht lachen, trotzdem ernst bleiben. Super, genau so! Denk dir, mein Land, mein Puerto Rico, meine Mode!« Oro feuert sie an und schon nach einigen Minuten hört der Fotograf auf. »Es ist fantastisch, vielleicht sollte das doch lieber das Cover sein.« Alle sind zufrieden und zumindest Belinda ist damit durch. Sie bekommt das Geld und Oro will sich melden, wenn er wieder Models braucht.

Mit den Tüten in der Hand verlässt Belinda nach kurzer Zeit einen der Wohnwagen wieder und sieht, wie Camilla mit Dante und Vidal auf das Set zukommen. Sofort schlägt ihr Herz

84

schneller. Vidal trägt eine schwarze Shorts und ein graues Shirt, Dante eine Jeansshorts und nur ein Muskelshirt. Beide sehen gut aus, doch Vidals Anblick lässt ihr Herz schneller schlagen.

»Hey, da bist du ja, oh mein Gott, du siehst heiß aus.« Belinda lacht und umarmt Camilla. »Danke, uuuuund ... ich habe ganz viele Klamotten und ich bin jetzt fertig.« Belinda weiß nicht genau, wie sie Dante und Vidal begrüßen soll, also macht sie es einfach, wie sie heute alle hier am Set begrüßt haben, mit einem Kuss auf die Wange. Dante lächelt. Als sie zu Vidal geht und sich auf Zehenspitzen stellt, um ihn auf die Wange zu küssen, spürt sie seine Hand an ihrem Rücken.

»Also warst du heute zufällig wieder am Hafen?« Er muss schmunzeln. »Ja, irgendwie hatte ich in letzter Zeit Lust, die Geschäfte selbst mehr zu überprüfen.« Belinda hört Dantes leises Lachen und wendet sich an Camilla und ihn, die so süß zusammen sind und doch noch immer einiges zwischen sich stehen haben.

»Wir haben Camilla gefragt, ob wir noch etwas essen gehen wollen, doch sie wusste nicht, was du dazu sagst.« Belinda sieht zu Camilla, wie diese Dante ansieht und schaut dann schnell wieder weg. »Gerne, ich habe jetzt richtig Hunger, kennt ihr hier ein gutes Restaurant?« Vidal zeigt zu dem großen Luxushaus im Wasser. »Das ist das beste weit und breit.« Belinda will am liebsten etwas anderes vorschlagen, weil sie ahnen kann, wie hoch die Preise da sind, doch Camilla und Dante wenden sich schon in die Richtung.

»Geht schon mal vor, ich bringe die Tüten noch ins Auto.« Vidal nimmt ihr die Tüten ab und sieht Dante und Camilla hinterher. »Ich hätte nicht gedacht, dass du auch noch versuchst, die beiden zu verkuppeln.« Belinda geht neben Vidal zu seinem Auto. Statt eines Geländewagens, den sie sonst immer gesehen hat, steht auf dem Parkplatz aber ein schwarzer edler Mercedes.

»Dante ist in letzter Zeit nicht mehr er selbst, je schneller sich das mit Camilla klärt, umso besser für alle.«

»Ich hätte nicht gedacht, dass Vidal so ... fürsorglich sein kann.« Camilla dreht sich zu Belinda und Dantes Cousin um, die beide in Richtung Parkplatz gehen. Sie wirken fast wie ein Paar, er trägt ihre Tüten und sie blickt ihn lächelnd an. »Keine Ahnung, was mit dem los ist, Belinda scheint ihm zu gefallen.« Camilla dreht sich wieder um und läuft weiter in Richtung Restaurant, Dante ist erst gar nicht stehengeblieben.

»Sie ist auch toll, ich habe sie sofort gemocht, aber Vidal weiß schon, dass sie bald wieder weg ist.« Dante lacht kurz auf. »So wie ich ihn kenne, gefällt ihm genau das.« Camilla bleibt stehen. »Tolle Einstellung.« Dante zuckt die Schultern. »So ist Vidal, soll ich dir etwas vormachen? Ich glaube, du hast genug von ihm gehört, um das zu wissen.«

Camilla zieht ihre Schuhe aus und nimmt sie in die Hand. Bisher hat sie es immer abgelehnt, mit Dante essen zu gehen, generell alles abgelehnt, was darüber hinausgeht, ihm seine Getränke zu bringen, aber es fällt ihr zugegebenermaßen immer schwerer. Es fällt ihr schwer, sich immer wieder von ihm abzuwenden, seine Nähe nicht zuzulassen und nicht auf seine Zuneigung einzugehen, weil er es wirklich versucht. Er gibt sich Mühe, sie für sich zu gewinnen.

Camilla kann ihm nichts vorwerfen, er bemüht sich wirklich, doch sie kann es einfach nicht. Wenn sie diese Nähe zulässt, auf seinen Versuch sie besser kennenzulernen eingeht, wird es am Ende für sie beide nicht gut sein.

In letzter Zeit spürt sie auch, dass Dante immer genervter wirkt. Die Zeitabstände, in denen er zum Café kommt, werden größer und bald wird er sicher gar nicht mehr selbst kommen. Was gut so ist und was sie absolut verstehen kann. Er hat lange genug probiert, eine Chance zu bekommen, doch Camilla hat sich immer geweigert, ihm eine zu geben, er verliert das Interesse … Natürlich ist das gut, so soll es sein, doch genau jetzt, hier, wenn sie ihm so nah ist, wünschte sie, es wäre nicht so.

Dante behandelt sie, als wäre sie etwas ganz Besonderes, sie liebt die Art, wie er sie ansieht. Camilla versucht ihn zu ignorieren, wenn er da ist, doch gleichzeitig lauscht sie immer und bleibt so weit in der Nähe, dass sie seine Stimme und sein Lachen hören kann. Sie liebt sein Lächeln. Auch wenn Camilla noch so sehr tut, als würde sie alles ignorieren, sieht sie ganz genau, wie andere Frauen ihn anhimmeln, er jedoch kein Interesse hat und weiter an ihr festhält, noch.

Camilla sieht zu Dante, der ruhig neben ihr läuft, seine Hände sind in seinen Hosentaschen vergraben. Wenn sie die Situation nicht selbst so mitnehmen würde, müsste sie über seinen Gesichtsausdruck lachen.

Er blickt auf den Sand, in seinem Kopf scheint es auf Hochtouren zu arbeiten. Sie sieht auf sein hübsches Gesicht, es gibt so viele Kleinigkeiten, die sie mittlerweile liebt, genau wie jetzt, als sich eine kleine Falte zwischen seinen Augenbrauen bildet. Camilla war noch nie schmal, doch Dante ist so breit und gut gebaut, dass sie neben ihm mickrig wirkt.

Plötzlich bleibt er stehen und sieht sie an, natürlich erwischt er sie dabei, wie sie ihn anstarrt. »Wann hörst du auf so zu tun, als wäre ich dir egal. Ich weiß nicht, wie lange ich mich noch vor jedem zum Affen machen soll, denn du kannst mir glauben, dass ich so etwas normalerweise nicht mache!« Genau deswegen hat sie immer probiert, Dante nicht außerhalb des Cafés zu treffen, weil er so die Möglichkeit hat, sie zur Rede zu stellen, was er auch gleich tut. Ihn zu ignorieren ist eine Sache, ihm ihr Verhalten erklären zu müssen, eine ganz andere.

»Ich weiß nicht, wovon du redest.« Sie möchte einfach weitergehen, doch Dante greift nach ihrem Arm. »Nein, warte Camilla, ich meine das ernst. Sag mir endlich, was Sache ist. Seit Wochen versuche ich, an dich heranzukommen. Ich habe dich hundertmal nach einem Date gefragt, ob wir uns nur kurz einmal treffen können, alle meine Cousins, meine Familia, viele der Männer, die für mich arbeiten, sehen, wie ich mich wegen dir zum Affen mache.«

Camilla schafft es nicht, ihm bei seinen Worten in die Augen zu sehen. Sie liebt seine dunklen Augen, die in ihr eine wunderbare Wärme auslösen, sobald sie es zulässt, dass er ihr in die Augen blickt.

Sie spürt noch immer seine Hand um ihr Handgelenk, ihre Haut unter seinen Fingern wird warm. Er tritt näher und seine Hand rutscht tiefer, er umfasst ihre Hand mit seiner. Als wären sie ein Liebespaar, verschränkt er ihre Finger und Camilla genießt diese kleine Geste schon zu sehr, als sie trennen zu können.

»Camilla, komm schon.« Dante tippt mit seinem Finger ihr Kinn hoch. »Ich habe so oft gesagt, dass ich es sein lasse, wenn du nicht willst, dann willst du nicht. Ich kann dich nicht zwingen, doch jedes Mal, wenn ich einen Schritt zurück mache, zeigst du mir, dass du das genauso wenig willst.

Du tötest mich fast mit deinen Blicken, wenn ich mal länger weg bleibe und ich bemerke doch, dass ich dir nicht egal bin. Wenn du mir jetzt sagst, dass du absolut kein Interesse an mir hast, lasse ich dich ab sofort in Ruhe, weil, wie gesagt, ich langsam nicht mehr weiß, wie ich noch an dich herankommen soll. Dass wir jetzt hier stehen, ist fast wie ein Wunder für mich.«

Er lässt ihre Hand los und sieht sie fragend an. »Ich wusste, dass wenn wir uns treffen, es so kommen wird, dass du sagst, ich soll mich entscheiden und was nun ist und ...« Dante unterbricht sie. »Wo liegt denn dein Problem, Camilla? Habe ich etwas getan, was nicht gut ist? Bin ich nicht dein Typ? Was genau ist das Problem? Sei einfach ehrlich, sag, was du denkst.«

Camilla schüttelt ein wenig den Kopf, dieser Kerl ist hartnäckig. »Es ist nicht gerade so, dass du jemand bist, den man sich als perfekten Partner vorstellt. Ich meine, es ist bekannt, wie ihr mit Frauen umgeht und ja ... du bist halt einer der Anführer einer Familia. Es ist nicht so, dass das meine erste Wahl als Ehepartner wäre ... aber wenn ich darüber hinwegsehe, weil ich zugeben muss, dass du dich wirklich bemühst, will ich keine Beziehung! Weder mit dir noch mit sonst jemandem.

Es geht nicht und dir zu erklären wieso, ist ... so gut kennen wir uns noch nicht. Es bist also nicht du, sondern einfach die Tatsache, dass ich mit niemandem zusammen sein kann. Es gibt so viele Frauen, die gerne mit dir eine Beziehung führen wollen, ich verstehe nicht, wieso du dich so unbedingt mit mir treffen möchtest.«

Wieder bildet sich diese kleine Falte auf seiner Stirn, seine dunklen Augen scheinen ihre zu durchforsten. Dann seufzt er leise auf und wendet sich wieder in Richtung Restaurant. »Es interessiert mich aber nicht, was die anderen Frauen wollen. Du hast recht, ich habe so gelebt, doch mit dir meine ich es ernst, also lass uns jetzt essen gehen und einen schönen Tag haben.«

Camilla lächelt, als sie auf das Kreuz auf seinen breiten Bizeps sieht. »Vielleicht wirst du dich danach schneller von mir überreden lassen, mal etwas mit mir zu unternehmen.« Camilla ist noch ein Stück hinter ihm und muss leise lachen. Er ist unglaublich, doch dann gibt sie ihrem Herzen einen kleinen Ruck, sie würde, wenn sie könnte, doch sie kann nicht. »Vielleicht...«

Dante wendet sich zu ihr um und hält ihr seine Hand entgegen. Camilla zögert einen Augenblick, doch dann greift sie nach seiner Hand und zusammen gehen sie die letzten Schritte bis zum Restaurant.

Sie würde, wenn sie könnte.

Kapitel 8

»Ist das dein Auto?« Vidal stellt die Tüten in den Kofferraum und schließt diesen wieder. »Ja, ich habe mehrere. Die Geländewagen sind für die Geschäfte der Familia, das ist eher für private Zwecke.« Belinda und er gehen zurück zum Strand. Sie sieht, wie Dante und Camilla etwas weiter weg stehen geblieben sind und diskutieren. »Das hört sich fast so an, als wäre es eine Firma … eure Familia.« Sie kommen noch einmal am Set vorbei. »Im Groben ist es das auch … eine Familienfirma … mit eigenen Gesetzen.« Belinda legt den Kopf schief. »Du weißt, dass ich dich heute ausfragen werde.« Vidal lächelt und sieht auch zu Dante und Camilla. Belinda mag sein Lächeln. »Ich habe es mir schon fast gedacht.«

Sie laufen langsam, um Dante und Camilla nicht zu schnell einzuholen. »Wer gehört zu deiner Familia, was genau seid ihr und was spielst du da für eine Rolle?« Belinda spürt den Blick von Vidal auf sich, doch sie sieht zu, wie ihre Füße bei jedem Schritt in den Sand eintauchen. »Willst du die Wahrheit oder soll ich es verschönern?« Belinda muss lachen und sieht hoch, direkt in seine Augen. »Wenn du antwortest, bitte immer ehrlich, sonst sag lieber, dass du dazu nichts sagen kannst.« Vidal nickt und räuspert sich leise.

»Wir sind die Los Puentes. Unsere Familie war schon immer sehr groß und einflussreich, doch mein Urgroßvater hat, als es damals die ersten Auseinandersetzungen mit andere einflussreichen Familien gab, dafür gesorgt, dass wir eine Familia wurden. Das bedeutet einfach, dass neben der direkten Familie auch andere für und mit uns arbeiten, denen wir aber hundertprozentig vertrauen und die für uns auch eine Familie sind, so entstand unsere Familia und wurde nach und nach immer größer.

Es gibt immer einen Hauptanführer, mein Urgroßvater, mein Opa, mein Vater, ich, und die restlichen Anführer, die alle zur richtigen Familie gehören. Bei uns sind das neben mir und meinem jüngeren Bruder Elian noch unsere Cousins Dante, Benito und Ponce, alle nennen ihn Cuca. Wir haben noch fünf andere Cousins, die unsere Geschäfte von Amerika und Europa aus führen, sehen, dass die Sachen ankommen, dort Geschäftspartner finden und so weiter.

Wir haben ein sehr großes Gebiet, was uns gehört. Das bedeutet, nur wir machen in diesem Gebiet Geschäfte und Mitglieder aus anderen Familien haben keinen Zutritt, manche können rein, aber sie dürfen hier halt keine Geschäfte machen.

In jeder Stadt leben Leute aus unserer Familia, die dann für die Stadt und unsere Männer da verantwortlich sind, doch der Hauptkern, die richtige Familie lebt wie ich in Fajardo. Wir sind aber ständig unterwegs und kümmern uns überall um die Geschäfte. Natürlich ist es schwer, so ein großes Gebiet unter unserer Kontrolle zu halten, deswegen müssen wir zum Beispiel übermorgen ganz in den Süden fahren, da sich dort eine andere Familia eingenistet hat, die nicht versteht, dass sie hier nichts zu suchen haben. Das ist meine Familia.«

Belinda hat nicht eine Sekunde aufgehört, ihn von der Seite anzusehen, sie kann kaum glauben, was sie da hört. »Das ist ja wirklich wie eine Firmenstruktur, aber was für Geschäfte macht ihr? Drogen, Waffen, das, was man so von einer Familia hört?«

Vidal lacht. »Ich kann nicht glauben, dass ich so etwas gerade mit dir bespreche. Nein, ich weiß nicht, wieso so viele denken, dass wir hier alle mit Drogen handeln. Das sind eher die Mexikaner oder die aus Venezuela. Klar gibt es hier auch kleine Familias, die das tun, aber hier ist das nicht so interessant. Früher hat unsere Familie und auch andere größere ebenfalls mit Drogen gehandelt, aber es ging nie gut.

Immer haben die eigenen Leute angefangen das Zeug zu nehmen, sind süchtig geworden, es gab nur Probleme damit. Hier in Puerto Rico handeln größere Familien eher mit Waffen, Autos, Grundstücken, Gold und vor allem Schutz.«

Es fühlt sich krank an, aber irgendwie fasziniert Belinda das alles. »Und hast du neben Elian noch Geschwister? Was ist mit deinen Eltern?« Vidal lächelt matt. »Vor ungefähr achtzehn Jahren gab es sehr blutige Kämpfe zwischen den führenden Familias hier. Das ging fast sieben Jahre so. Mein Vater wurde getötet und meine Mutter ist vor zwei Jahren gestorben. Viele haben ihre Eltern verloren, eigentlich hat fast jeder jemanden verloren, der ihm nah stand.«

Sie steigen die Treppen hoch zum Restaurant. »Das tut mir leid, ich … aber du bist wenigstens nicht ganz alleine, du hast ja noch deinen Bruder, deine Cousins und alle anderen. Das ist sicher schön, sich so nah zu stehen, jemanden zu haben, der immer da ist.«

Belinda spürt, wie sich ein Kloß in ihrem Hals bildet, sie spürt wieder, wie allein sie jetzt ist. »Meine Familie und die Familia ist alles für mich. Ich liebe meine Cousins wie meinen Bruder und ich würde alles für sie tun, wirklich alles.« Sie sehen zu Dante und Camilla, die schon an einem Tisch sitzen und zu ihnen blicken. »Das ist schön.«

Eine Frau bringt gerade Karten, Belinda setzt sich zu Camilla und Vidal zu Dante. »Was ist schön?« Vidal lacht auf. »Ich habe Belinda in unsere Familiengeheimnisse eingeweiht.« Dante lehnt sich zurück. »Und das findest du schön?« Vidal lacht. »Ich weiß auch nicht, ich wollte sie erschrecken, aber sie reagiert vollkommen falsch.« Camilla neben Belinda schmunzelt, auch Belinda lacht leise. »Nein, euer Zusammenhalt ist schön, so eine große Familie und all das. Eure Waffen und alles andere muss man sich einfach wegdenken.«

Dante legt den Arm um Vidal und legt den Kopf an seine Schulter. »Ja, er ist mein allergrößter Schatz.« Jetzt lacht auch Camilla und sie werden alle lockerer.

Es ist ein traumhaftes Restaurant, sie bekommen den Tisch voll mit Vorspeisen gestellt, von Suppen bis zu kleinen Shrimpsspießen gibt es alles. Danach essen Camilla und sie Nudeln, während die Männer Steak bestellen.

Belinda kommen immer weitere Fragen in ihre Gedanken, sie ist noch lange nicht fertig. Je mehr Vidal von sich erzählt, umso mehr Fragen bilden sich in ihrem Kopf, doch das macht sie, wenn sie wieder allein sind, jetzt hören sie alle erst einmal zu, was Camilla erzählt, was am Morgen am Hafen los war.

Es ist ein Schiff angekommen. Es soll diesen Monat schon das zweite Mal passiert sein, dass ein Schiff mit voller Kraft in den Hafen fährt. Es ist auf manuell gestellt und steuert sich von allein, weil alles auf dem Schiff tot ist. Camilla erzählt, dass sie zufällig mitbekommen hätte, dass am Schiff Waffen und Munition für eine Million Dollar transportiert wurde und das Schiff auf dem offenen Meer überfallen worden sein muss. Vidal und Dante hören genau zu. Sie fragen, wer alles da war und wer gekommen ist, um alles zu untersuchen. Zwar war es keines ihrer Schiffe, doch sie wollen jetzt noch mehr aufpassen.

Während Belinda zu Vidal sieht, entdeckt sie hinter ihm auf dem offenen Meer etwas. Sie blinzelt und sieht genauer hin. »Was ist los?« Vidal bemerkt ihren Blick. »Das sah gerade fast so aus, als wäre dahinten ein Delfin gesprungen.« Camilla sieht auch auf das Meer. »Hier gibt es viele Delfine, wusstest du das nicht? Ich habe aber auch noch nie einen aus der Nähe gesehen.« Belinda sieht von Camilla sofort wieder zurück zum Meer.

»Nein, das wusste ich nicht. Oh mein Gott, ich wollte schon immer Delfine in der richtigen Natur sehen und jetzt ging alles so schnell, dass ich es gar nicht mitbekommen habe.«

Vidal und Dante hingegen beeindruckt der Delfin nicht wirklich, aber Vidal tippt kurz etwas in sein Handy. Als er gerade Belinda fragt, als was sie in Portland gearbeitet hat, kommen drei Frauen ins Restaurant, das Klackern ihrer Schuhe lässt alle einhalten. Die Frauen sehen wahnsinnig sexy aus, ihre kurzen, engen Kleider lassen keinen Spielraum für Phantasie, ihre Körper sind der Traum eines jeden Mannes. Belinda ist sich absolut sicher, dass da kein Mann widerstehen kann.

Nicht nur ihr Blick geht zu den Frauen, auch Camilla sieht zu ihnen und drückt unter dem Tisch Belindas Hand, als die Frauen sie erblicken und zuckersüß zu den Männern an ihrem Tisch lächeln. »Das ist einer der Gründe, wieso ich versuche Abstand zu halten«, flüstert Camilla ihr zu.

»Vidal, Dante …. was für eine Überraschung euch zu sehen.« Die beiden stehen auf und begrüßen eine der Frauen mit einem Kuss auf die Wange. »Paola, was führt dich hierher?« Sie zeigt auf die beiden anderen Frauen. »Ein paar alte Freundinnen sind in der Stadt und wollen ein paar Tipps, wie und wo man sich hier amüsieren kann.« Vidal hebt die Augenbrauen. »Da kannst du am besten weiterhelfen, komm mal kurz. Ich wollte mich eh bei dir melden.«

Vidal muss die Frau nicht zweimal bitten, ihrem Blick nach zu urteilen, würde sie so einiges für ihn tun. »Nett!« Camilla schüttelt kurz den Kopf, als sich Vidal mit den Frauen etwas von ihrem Tisch entfernt. Dante hat ein Grinsen im Gesicht. »Das ist nur Paola, eine Freundin der Familia.« Belinda sieht gar nicht weiter zu Vidal und der Frau. Sie weiß nicht, wieso es sich so merkwürdig anfühlt zu sehen, wie Vidal mit diesen Frauen redet, sie ist in einer Woche weg. Sie sollte ihren Spaß haben und gut ist es.

Da sie aber noch nie ein wirklich aufregendes Leben geführt hat, überfordert all das sie vielleicht einfach zu sehr. Wenn sie richtig darüber nachdenkt, ist die Woche, die sie hier erlebt hat, aufregender als die gesamten letzten Jahre ihres Lebens. Vielleicht ist es auch das, was ihre Mutter hier so fasziniert hat.

Dieser Kontrast zu dem Leben, was sie normalerweise führen.

»Alles okay, Belinda? Vidal hat nichts mit der, nicht mehr zumindest, es geht sicher nur um etwas Geschäftliches.« Belinda schüttelt schnell den Kopf. »Oh nein, nein, das geht mich nichts an … ich war nur in Gedanken.« Vidal kommt wieder zu ihnen, als einige Kuchen und leckere Cremes serviert werden. Belinda erzählt Camilla demonstrativ gut gelaunt, was sie vorhin alles anprobiert hat und was sie mitnehmen durfte, um erst gar nicht in die Verlegenheit zu kommen, dass Vidal denken könnte, sie würde es stören, dass er sich mit dieser Frau unterhalten hat.

»Seid ihr fertig?« Vidal und Dante haben sich auch unterhalten und nun stehen beide auf. Vidal legt zwei größere Scheine auf den Tisch. Sie fragen nicht einmal nach der Rechnung, es ist klar, dass das Geld reichen wird, mehr als das. Doch wieso lassen sie sich nicht einmal die Rechnung geben? »Ja, ich bin satt, es war wirklich lecker, danke.« Camilla erhebt sich auch. »Ja, vielen Dank, es hat sehr gut geschmeckt.«

Dante sieht aufs Meer. »Das war noch nicht alles.« Vidal zeigt an das Ende der Plattform, auf der dieses Restaurant im Meer steht und an dem eine Jacht wartet. Belinda hat diese vorher nicht gesehen und tritt zu Vidal. »Wir gehen eure Freunde besuchen, kommt!«

»Wann habt ihr das organisiert?« Belinda ist noch immer ganz fasziniert, als Vidal ihr auf die Jacht hilft. Sie ist zwar nicht sehr groß, doch dafür ist hier alles purer Luxus, das sieht man auf den ersten Blick.

Ein dunkler Mann mit weißem Shirt und weißer Shorts lenkt das Steuer, sobald sie eingestiegen sind. In seiner Shorts steckt hinten eine große Pistole, aber sollte das Belinda noch verwundern? Erschrecken tut es sie, doch verwundern nicht mehr wirklich.

Als aber Vidal eine Waffe aus seinem hinteren Hosenbund zieht und sie auf einen weißen Tisch legt, sieht Belinda genau zu und in ihrem Magen rumort es, vielleicht ist sie doch zu unvorsichtig hier in Puerto Rico, auch wenn sie bald weg ist, sollte sie doch etwas vorsichtiger sein. »Gleich nachdem ich erfahren habe, dass du die Delfine Puerto Ricos noch nicht kennst, dachte ich, dass man das ändern muss.« Dante und Camilla gehen weiter nach vorn auf die Jacht, auch Camilla freut sich, die Delfine zu sehen.

»Hast du Angst?«

Vidal sieht ihr ins Gesicht, als sie ihren Blick endlich von der Waffe lösen kann. »Es fühlt sich für mich sehr merkwürdig an, ich bin es nicht gewohnt, Waffen um mich herum zu haben. Um ehrlich zu sein, habe ich noch nie in echt eine gesehen, bis ich hier nach Puerto Rico gekommen bin, hier scheint es aber das normalste der Welt zu sein.« Vidal zieht sein Shirt aus und wirft es über die Waffe, als würde die Tatsache, dass sie die Waffe nicht mehr sieht, diese auch verschwinden lassen.

Na gut, zumindest hat er damit bewirkt, dass sie etwas an Bedeutung verloren hat neben seinem Körper. Vidal hat einen unglaublich durchtrainierten Körper. Seine Brust ist glatt, ein kleiner dunkler Flaum geht von seinem Bauchnabel ab und zieht sich in seine schwarze Shorts. Auf seiner rechten Brust ist ein Kreuz mit einem Rosenkranz eintätowiert. Dazu das Tattoo am Hals. An seiner Rippe ist mit römischen Zahlen das Datum 24-06-2005 geschrieben.

Belinda hebt den Blick wieder und trifft auf seine dunklen Augen. »Belinda, ich weiß, wir kennen uns kaum und das, was du von uns mitbekommst, ist sicherlich nicht vertrauenswürdig, doch ich verspreche dir, dass du, wenn du mit mir bist, sicher bist. Es wird dir mit mir niemals etwas passieren, okay?« Oh ja, da war ja noch was … die Waffe.

Camilla kommt von vorn wieder und sieht Belinda begeistert an. »Ich habe schon welche gesehen, unten sind Bikinis, komm wir ziehen uns um.« Sie geht eine kleine Treppe hinab in den Innenraum der Jacht. »Ich habe noch einen Bikini vom Shooting unter, aber wozu sollten wir einen Bikini anziehen?« Belinda ignoriert die goldbraune Haut, die in der Sonne glänzt, sie sieht nicht auf das Tattoo an seinem Hals und dass sie aus dem Augenwinkel erkennt, dass da noch viel mehr zu entdecken ist.

Vidal nimmt ihre Hand und Belinda ist überrascht, als er sie zur Reeling bringt. »Von so weit oben kannst du sie nicht füttern.« Belinda stockt, als sie zwei Delfine neben der Jacht schwimmen sieht. »Ist das dein Ernst? Sind sie so zahm?« Belinda beugt sich vor und spürt Vidals Hand an ihrer Hüfte. »Zieh dich um und finde es heraus.«

Der untere Teil der Jacht ist mit einer kleinen Küche, einem großen Bett, einem Sitzbereich und einer Toilette ausgestattet. Hier gibt es mehrere neu verpackte Badesachen, falls jemand etwas vergessen hat. Belinda hat einen korallenfarbigen Bikini vom Shooting an, Camilla zieht einen roten neuverpackten an. Camilla hat eine tolle Figur, sie hat viel mehr Rundungen als Belinda, doch Belinda denkt sich, dass auch sie eigentlich zufrieden sein kann. Sie hat einen schönen Po, nicht so sehr ausgeprägt, doch sie ist zufrieden und dafür, dass sie so schmal gebaut ist, hat sie auch eine gute Oberweite.

»Was ist jetzt mit Dante?« Camilla seufzt laut auf und schüttelt den Kopf. »Ich will es nicht zulassen, aber wenn ich es doch tue, nur ein bisschen, fühlt es sich so gut an.« Belinda nimmt ihre Hand und drückt sie. »Weißt du, wenn ich vernünftig sein sollte, müsste ich auch Abstand von Vidal nehmen, doch vielleicht bin ich momentan zu empfänglich für seine Nähe, für

Gefühle. Ich weiß es nicht, doch gerade will ich einfach nicht vernünftig sein.« Es klopft und hintereinander kommen Vidal und Dante herunter. »Seid ihr bereit, ihr Hübschen?«

Vidal öffnet eine Tür neben der Küche und genau davor liegt ein kleines Schlauchboot mit Motor. Es ist wackelig, als sie einsteigen. Dante hat noch einen Eimer von oben mitgenommen, und kaum bewegen sie sich etwas von der Jacht weg, tauchen Delfine auf. Das Schlauchboot ist klein und eng. Belinda sitzt neben Vidal und Camilla neben Dante, doch jetzt wendet sich Vidal zur Seite, sodass Belinda zwischen seinen Beinen sitzt und sich auch so in Richtung der Tiere dreht.

»Hier nimm!« Vidal legt ihr einen kleinen toten Fisch in die Hand. Belinda hält ihn über das Wasser und blitzschnell kommt ein Delfin aus dem Wasser und der Fisch ist weg. Belinda schreckt zurück. »Oh mein Gott, gib mir noch einen.« Vidal hinter ihr lacht und Camilla füttert auch mit. Als sich Vidals Hände auf Belindas Hüften legen, ist ihr das nicht unangenehm. »Warte, komm her und halt still.« Er fasst um sie herum und legt einen Fisch auf das Ende des Gummibootes, hält ihn aber noch fest.

Ein Delfin legt seine Schnauze auf das Ende und will den Fisch nehmen, doch Vidal hält den Fisch weiter fest und Belinda kann den Delfin streicheln, dann erst lässt Vidal los. Es ist fantastisch, sie verbringen lange Zeit bei den Delfinen. Es ist das Schönste, was Belinda jemals mit Tieren erlebt hat. Als sie zurück zum Strand fahren und Vidal und Dante erst Camilla und dann sie zuhause absetzen, lächelt Dante matt, bevor Belinda aussteigt.

»Ich glaube, das ist das erste Mal, dass wir den Tag mit Frauen verbracht haben, ohne dass mehr gelaufen ist und wir trotzdem so viel Spaß hatten.« Belinda sieht in den Rückspiegel und trifft auf Vidals Blick, sie lächelt.

»Bis dann ihr beiden. Danke für den schönen Tag.«

Kapitel 9

»Soll ich dir das abnehmen?« Camilla balanciert mehrere schmutzige Teller in Richtung Küche. »Nein, du kannst den Typen abrechnen, der dir ganze Zeit auf deinen Po starrt. Scheiß Männer, denken auch, dass sie sich alles erlauben können ...« Grummelnd geht Camilla in die Küche.

Seit ihrem wirklich schönen Nachmittag mit Vidal und Dante hat sich keiner der beiden mehr blicken lassen. Das ist heute genau fünf Tage her. Mit jedem Tag wurde Camillas Laune schlechter, auch Belinda hat sich immer mal wieder gefragt, wo Vidal bleibt und ob sie ihn überhaupt noch einmal sehen wird, aber natürlich hat sie das nicht im entferntesten so getroffen wie Camilla. Nun hat Belinda ein für allemal gemerkt, dass Dante Camilla nicht egal ist.

Belinda hat auf ihre neue Freundin eingeredet, dass es sicher seinen Grund hat, warum wirklich keiner der Los Puentes aufgetaucht ist. Camilla hat nur abgewinkt und erklärt, dass sie einfach das Interesse verloren haben, bei solchen Männern geht das sehr schnell. Doch egal wie gleichgültig sie tut, man spürt, dass es ihr alles andere als egal ist.

Trotzdem hatten sie die Tage viel Spaß. Camilla hat Belinda zu zwei ihrer Lieblingsplätze in San Juan gebracht: Einen Nachtclub und eine Einkaufsstraße. Sie haben viel gelacht und geredet. Wenn sie dann mit April telefoniert hat, war diese sehr zufrieden, dass sich Belinda langsam immer zuversichtlicher anhört und sie muss zugeben, dass es ihr auch besser geht. Zwar hat sie immer noch keine große Hoffnung auf Antworten, doch sie wird wenigstens versuchen, die Fragen stellen zu können.

Sie weiß noch immer nicht, was sie machen wird, wenn sie zurück in Portland ist, doch nun ist sie optimistischer, dass sie etwas finden wird und einen Neuanfang starten kann. Wenn sie davor an ihre Mutter gedacht hat, hat sie jedes Mal angefangen zu weinen, die Schmerzen über diesen plötzlichen Verlust waren viel zu stark, doch hier in Puerto Rico ist es irgendwie … erträglicher, ihre Mutter kommt ihr plötzlich wieder ganz nah vor. Es fällt ihr hier viel leichter, an sie zurückzudenken, ohne jedes Mal die Fassung zu verlieren.

Eine Sache aber wird sich nicht so schnell ändern. Mehrmals am Tag sieht sie auf ihr Handy, unbewusst, sieht nach, ob sie eine Nachricht bekommen hat, doch da ist nichts mehr. Wenn etwas Aufregendes passiert ist, denkt sie noch immer 'das muss ich unbedingt Mama erzählen', bis ihr wieder bewusst wird, dass das nicht geht, nie mehr. Und auch wenn der Schmerz sonst erträglich ist, trifft sie diese Erkenntnis täglich aufs Neue.

Lewis hat ihr eine Nachricht geschrieben, nachgefragt, ob sie sich das mit dem Job überlegt hat. Als sie nicht reagiert hat, hat er einige Male versucht anzurufen. Offenbar weiß er nicht, dass sie gerade in Puerto Rico ist.

Vidal und Lewis sind nicht miteinander zu vergleichen, in keinster Weise, doch wenn sie jetzt die Wahl hätte, mit einem von ihnen einen Tag zu verbringen, würde sie immer zu Vidal gehen, wer er auch ist oder was er auch repräsentiert. Deswegen denkt sie nicht einmal daran, sich bei Lewis zu melden, dieses Thema ist nach wie vor für sie abgeschlossen.

Morgen ist Samstag und ihr Café hat einen Tag geschlossen, weil einige Wasserrohre dringend repariert werden müssen und Pablo nur diesen Termin bekommen hat. Er ist darüber sehr verärgert, doch Belinda kommt der freie Tag nur recht.

Am Vormittag waren wieder diese Männer am Hafen, die sich überhaupt nicht mit Vidal und seiner Familia zu verstehen scheinen. Belinda sieht sie jetzt auch immer öfter, oder sie fallen ihr jetzt mehr auf, vielleicht liegt es auch nur daran, dass sie

Vidal und Dante jetzt etwas besser kennt und nicht mehr ganz so angsteinflößend findet. Doch wenn sie diese Männer von Weitem beobachtet, findet sie, die sehen noch um einiges brutaler aus als die Los Puentes und sie ist froh, dass sie nie in ihr Café kommen.

Belinda kassiert bei dem Mann, der seine Augen nicht einmal von ihr abgewendet hat, seitdem er im Café aufgetaucht ist. Im selben Moment bemerkt sie, wie vor einem großen Schiff eine merkwürdige Unruhe entsteht. Der Mann spricht sie an, als sie ihm das Wechselgeld gibt. »Entschuldige, ich habe mich schon die ganze Zeit gefragt ...« In diesem Augenblick beginnt ein Mann vor einem kleineren Transportschiff lautstark zu meckern. Es ist ein kleineres mit gerade mal zehn Containern beladenes Schiff, was die besten Zeiten hinter sich hat.

Es steht schon einige Stunden hier. Als wenig los war, hat Belinda es bei der Einfahrt in den Hafen beobachtet. Jetzt gerade erst scheint der Mann, der nun herumschreit, wiedergekommen zu sein. Vielleicht waren sie am Hafen etwas essen. Neben ihm stehen drei weitere Männer, die alle so aussehen, als gehörten sie zur Crew. Belinda sieht, wie drei sehr abgemagerte dunkelhäutige Männer versuchen von Bord zu kommen, doch die Männer der Crew lassen sie nicht und wollen sie wieder zurückschicken.

Die dunkelhäutigen Männer können sich kaum auf den Beinen halten. Einer hat ein kleines Kind auf dem Arm, jetzt kommt auch eine Frau zu ihnen, die genauso geschwächt aussieht. Es zerreißt einem das Herz, wenn man sieht, wie verzweifelt und ängstlich diese Leute sich umblicken. Belinda geht die Treppen des Cafés hinab und ignoriert den Mann, der versucht hat sie anzusprechen.

Camilla kommt nun auch heraus. »Was tust du da?« Belinda deutet ihr an, ruhig zu sein, denn sie versucht zu verstehen, was die Männer vor dem Schiff den anderen zurufen, aber außer dem Satz, sie sollen auf dem Schiff bleiben, versteht sie nichts. Belinda weiß nicht was es ist. Vielleicht ist es die Verzweiflung in den Augen der Menschen, vielleicht das ungute Bauchgefühl oder das Kleinkind, das zu schreien beginnt, doch sie kann gar nicht anders als die paar Schritte zu dem Schiff zu gehen.

»Was ist mit diesen Menschen? Was tun Sie mit Ihnen?« Die Männer wenden sich nicht einmal richtig zu Belinda um, einer geht jetzt genervt nach oben auf das Schiff. »Nichts, wir bringen sie zum nächsten Hafen.« Sobald der Mann an Deck ist, zucken die geschwächten Menschen zurück und weichen weg. »Verschwindet wieder nach unten.« Das Baby schreit immer lauter. »Und bringt das Kind zum Schweigen, sonst schmeiße ich es über Bord, wir fahren in zehn Minuten los.«

Der Mann redet auf englisch mit den Leuten, sie scheinen kein Spanisch zu verstehen. Belinda spürt, dass sie reagieren muss. Sie geht schnell an den Männern vorbei. Ebenso wie der Mann, der jetzt auf dem Boot ist, versucht auch sie die Bretter nach oben zu kommen und aufs Schiff zu gelangen. »Ist alles in Ordnung bei euch? Kann ich euch helfen?«

Die Menschen halten ein und sehen zu ihr, doch genau in diesem Moment werden Belindas Beine zurückgezogen. Sie stürzt auf das Brett, nur mir größter Mühe kann sie sich an ihren Armen abstützen, die zum Glück verhindern, dass sie mit ihrem ganzen Körper auf das Brett aufschlägt. »Belinda!« Sie hört Camilla von Weitem schreien, jemand muss sie an den Beinen zurückgezogen haben und in der nächsten Sekunde spürt sie etwas Kaltes an ihrem Kopf. Sie spürt, dass es eine Waffe ist, ihre Hände brennen.

»Misch dich hier nicht ein, du kleine Schlampe, verpiss dich ...« Das schwere Gewicht wird mit einem Schlag von ihr genommen, sie hört zwei dumpfe Aufschläge. »Runter von ihr, du

Bastard.« Vidal, sie erkennt seine Stimme sofort und dreht sich um. In diesen wenigen Sekunden hat sich das Bild komplett geändert. Der Mann, der sie offenbar angegriffen hat, liegt blutend am Ende des Brettes, er hält sich den Kopf. Über ihm steht Vidal. Er kickt mit seinem Fuß die Waffe weg, mit der er Belinda bedroht hat, er selbst hat auch eine in der Hand. Belinda erkennt seinen Bruder hinter ihm, Camilla steht auch unten vor dem Schiff, sie sieht schockiert zu ihr.

Belinda setzt sich auf, genau in dem Moment, als Vidal seine Waffe wegsteckt und zu ihr sieht. Er ist verletzt, er hat mehrere Krater im Gesicht und eine größere Platzwunde über seiner rechten Augenbraue, doch die Wunden sind nicht von heute. Hatte sie noch vor einigen Minuten gedacht, Vidal würde ihr gar nicht so gefährlich vorkommen, zuckt sie kurz zurück, als sie ihn jetzt anblickt.

Er bebt vor Wut, seine dunklen Augen wirken noch viel dunkler, sein Blick düster, er sieht aus wie ein Mann, der zu allem bereit ist und den nichts aufhält, doch als er ihr in die Augen sieht, verschwindet das Wütende, er sieht, dass sie Angst hat und kommt auf sie zu. »Bist du verletzt? Zeig mir deine Hände.« Vidal kniet sich zu ihr und nimmt ihre Hände in seine. Kurz zuckt Belinda auch da noch zurück, doch Vidal lässt sich davon nicht abschrecken und sieht sie sich an. »Du musst den Schmutz aus der Wunde waschen. Fehlt dir noch etwas?« Belinda versucht wieder klar zu denken, sie schüttelt den Kopf und sieht Vidal ins Gesicht. »Nein, danke, es geht schon ... Was ist bei dir passiert?«

Ein mildes Lächeln legt sich auf Vidals Gesicht, einen Augenblick sieht er ihr in die Augen. »Kannst du mir jetzt mal verraten, was du hier verloren hast?« Belinda sieht nach oben auf das Schiff. »Ich wollte den Leuten helfen, ihnen geht es nicht gut und ...« Das Deck ist leer, niemand ist zu sehen, lediglich die paar Container, die hier geladen sind. Die Männer, die noch unten standen, eilen zu dem Mann, der blutend am Boden liegt. »Vidal, es gibt eine Abmachung, keiner mischt sich hier in unsere Geschäfte ein, wir haben nichts getan, was den Los Puentes schadet.«

Vidal ignoriert die Männer und sieht fragend zu Belinda. »Ich habe ihr versprochen, dass ihr nichts passiert wenn ich da bin, und das Versprechen ist mir wichtiger.« Er wendet sich an Belinda und hilft ihr auf die Beine. Sie drückt kräftiger zu, als ihre Hände bei der Berührung mit seinen zu brennen beginnen.

»Von welchen Leuten redest du? Hier ist niemand.« Belinda blickt weiter auf das Schiff. »Gerade waren hier noch ... das gibt es doch gar nicht.« Ohne auf noch jemanden zu achten, geht Belinda auf das Schiff. Sie ist zittrig auf den Beinen, immerhin hatte sie gerade eine Waffe am Kopf, doch sie spürt Vidal genau hinter sich und geht an den Containern vorbei.

Man hört, dass vor dem Schiff weiter diskutiert wird, doch Belinda setzt ihren Weg fort. »Hey, Belinda, warte mal … hier ist niemand ...« Vidal versucht sie aufzuhalten, doch Belinda entdeckt einen kleinen Einstieg und klettert eine Treppe hinab. Sofort schlägt ihr ein bestialischer Geruch entgegen. Einen Moment wankt sie, will instinktiv umkehren, doch Vidal, der nach ihr die Treppe herunterkommt und sich sein Shirt über die Nase hält, lässt sie einhalten.

»Was zur …?« Belinda blickt sich nun doch im dunklen Laderaum um, aber erst beim zweiten Mal erkennt sie es. Ganz hinten in einer Ecke hocken vier Männer und zwei Frauen, drei kleine Kinder kauern sich an sie. Sie alle blicken sie ängstlich an. Belinda reagiert sofort. Sie fragt auf englisch, ob es ihnen gut geht und ob sie ihnen helfen könnten. Diese Leute müssen einiges mitgemacht haben, im ersten Moment trauen sie sich nicht, doch die Schreie und das Klagen ihrer Kinder lässt sie ihre Angst vergessen.

Vidal hat schon das Handy am Ohr, als sie leise erklären, dass sie Durst und Hunger haben. Belinda verspricht ihnen zu helfen. Vidal fragt, ob es noch mehr Menschen hier gibt. Der Mann zeigt auf eine Ecke und erklärt, dass dort eine Frau und ein älterer Mann liegen, die es nicht geschafft haben, was den Geruch erklären würde. Sie bitten die Leute, ihnen nach oben zu folgen. Belinda hilft einer Frau und nimmt ihr das Baby ab. Es ist viel zu leicht, die Wangen eingefallen, Belinda treten Tränen in die Augen, als sie es der Mutter zurückgibt. Vidal und sie bringen die Leute von Bord.

»Vidal, das sind unsere Geschäfte, ihr solltet euch da nicht ...« Vidal holt seine Waffe heraus, die Frauen neben Belinda keuchen auf, auch sie schreckt zurück. »Ihr wisst ganz genau, dass diese Art von Geschäften verboten wurden. Selbst Tiere werden besser behandelt, als ihr es mit den Menschen hier macht. Verschwindet von hier. Und wenn ihr das nächste Mal am Hafen haltet, sorgt dafür, dass ihr nur Waren an Bord habt, keine Menschen mehr.« Camilla und Elian kommen mit Wasser und mehreren Stangen Baguette und Keksen zu ihnen.

Belinda hilft dabei, die Sachen zu verteilen, mittlerweile sind einige stehengeblieben die ihre Hilfe anbieten, auch eine Ärztin ist darunter, die Belinda rät, ihre Wunde an den Händen auszuwaschen. Erst ignoriert sie es, doch dann führt Vidal sie ins Café auf die Toilette. »Ich habe Superwoman eingestellt.« Pablo lehnt an der Tür und beobachtet das Treiben unten, er zwinkert Belinda zu und gibt Vidal die Hand.

Belinda hebt ihre Hände. »Superwoman wäre das nicht passiert.« Vidal schnappt sich ein frisch gewaschenes Geschirrtuch und geht vor in die Küche. Belinda folgt ihm und setzt sich auf einen Barhocker, während Vidal das Handtuch mit Wasser befeuchtet und dann zu ihr kommt.

»Das hätte böse enden können. Ich weiß, dass du nicht von hier bist, doch du solltest versuchen, dich nicht zu sehr in Gefahr zu bringen. Er hätte dich ohne mit der Wimper zu zucken dafür getötet, dass du ihm in die Geschäfte reinredest und dich eingemischt hast.«

Belinda beißt auf ihre Unterlippe, als Vidal mit dem Handtuch über die Schrammen auf ihren Händen wischt. »Du hast doch gesehen, was sie getan haben. Ich konnte die Leute nicht einfach dort auf dem Schiff zurücklassen. Ich ...« Vidal sieht konzentriert auf ihre Hände, er ist sehr sanft zu ihr. Belinda sieht solange in sein Gesicht, wie hübsch er ist, seine Wimpern sind voll und lang, sie liegen fast auf seinen Wangen, als er ihre Wunden säubert. Es ist seltsam, sie kennen sich kaum und trotzdem fühlt sich Belinda wohl in seiner Nähe.

»Wie ich es gesagt habe, früher war es oft so, dass aus Rache, um andere Familias zu treffen, Frauen und Kinder entführt wurden und verkauft oder umgebracht. Um wieder etwas Ruhe ins Land zu kriegen, haben sich alle Familias an einige Regeln gebunden, darunter die, dass niemand mehr mit Menschen handeln soll. In Wirklichkeit tun das viele, sie nehmen Flüchtlinge in Ghana oder in Angola auf, lassen sie viel Geld für die Plätze an Bord zahlen und bringen sie auf tagelangen oder manchmal wochenlangen Fahrten hierher, nach Venezuela, oder Kolumbien, je nachdem. Dort verkaufen sie sie an Drogenfarmen, Bordelle, wohlhabende Haushalte, ihr Traum auf ein freies Leben geht nie in Erfüllung, das ist relativ normal hier.«

Vidal legt das Handtuch beiseite und sieht Belinda ins Gesicht. »Nur weil es normal ist, muss es nicht richtig sein. Wir konnten diese Menschen retten, wenigstens ein paar, denen geholfen werden konnte.« Vidal legt den Kopf schief. »Du hast sie gerettet, ich habe nur darauf geachtet, dass dir dabei nichts passiert. Ich rette keine Menschen.« Belinda will etwas erwidern, doch ihr Bauchgefühl sagt ihr, dass es sinnlos wäre.

Natürlich hat er die Menschen gerettet und das weiß er auch ganz genau. Vidal fasziniert sie. Es ist das Harte, was er ausstrahlt und das Weiche, was sie ganz selten erahnt. Belinda sieht auf seine großen Hände, die ihre gerade loslassen. Sie waren so zärtlich zu ihr und gleichzeitig hat er ohne zu zögern diesen Mann geschlagen. Ist es dieser Kontrast, der sie anzieht? Oder will sie einfach nur testen, wie weit sie sich traut bei Vidal zu gehen? Denn so ein Abenteuer wie ihn hat sie nie zuvor erlebt.

Lewis war eine Lektion, doch hätte sie all das geahnt, hätte sie einen riesigen Bogen um ihn herum gemacht. Belinda ist niemals irgendwelche Risiken eingegangen. Wenn es nur einmal darum ging, die Schule sein zu lassen, um etwas anderes Wichtiges zu erledigen, hat sie das niemals getan, das Risiko war ihr zu hoch.

Und nun ist sie in einem fremden Land und lässt die Nähe zu einem Mann zu, den sie kaum kennt, der die Gefahr aus jeder Pore ausstrahlt und der so gut dabei aussieht, dass jeder normale Mensch Abstand gehalten hätte. Doch genau Belinda hebt nun ihre Hand und fährt ihm vorsichtig über die Kratzer in seinem Gesicht. Wie April es schon gesagt hat: Momentan hat sie nichts mehr zu verlieren, nichts. Also, wieso sollte sie nicht einmal in ihrem Leben ein Risiko eingehen?

»Was ist passiert?« Vidal sieht ihr in die Augen, er zieht einen Augenblick die Augenbrauen etwas ungläubig zusammen, vielleicht passiert es nicht oft, dass eine Frau ihn so etwas fragt, doch dann antwortet er. »Ich hatte dir, glaube ich, erzählt, dass eine Familia versucht hat, sich in unserem Gebiet breitzumachen. Wir haben das geklärt, es war etwas mehr Widerstand als erwartet, aber sie sind jetzt raus aus unserem Gebiet.«

Belinda zieht ihre Hand zurück. »Deine Gesundheit sollte aber wichtiger sein als irgendwelche Besitzansprüche. Bist du noch mehr verletzt oder nur das, was man sieht?« Vidal lacht leise. »Mir geht es gut. Dante wurde angeschossen, deswegen hat sich all das so in die Länge gezogen, wir waren im Krankenhaus mit ihm, es ist aber nur ein Streifschuss gewesen. Er kommt morgen pünktlich zu seinem Geburtstag zurück. Man kann dich sehr schlecht einschätzen, Belinda, weißt du das?«

Belinda ist schockiert. »Oh mein Gott, weiß Camilla das schon? Sie war so … sie muss das erfahren, geht es ihm wirklich besser? Wieso geht ihr solche Risiken ein?« Vidal hat ein Lächeln im Gesicht und lehnt sich an die Küchentheke.

»Unser ganzes Leben ist ein Risiko, wir kennen es nicht anders. Es geht ihm aber gut, nur dass er sich Gedanken wegen Camilla macht, deswegen bin ich hier und auch, um euch beide für morgen zu der Feier einzuladen. Ich hatte gehofft, dass ich dich hier noch finde und dass du nicht schon weg bist.«

Das Brennen auf Belindas Händen lässt langsam nach. »Okay, ich habe morgen etwas vor, aber danach kann ich gerne versuchen noch vorbeizukommen und ich denke, Camilla kommt sicherlich auch. Ich werde nächste Woche erst zurückfliegen, ich muss noch einen Flug buchen.«

Vidal verschränkt die Arme vor der Brust, Belinda steht auf und tritt einen Schritt näher zu ihm. »Wieso kann man mich schlecht einschätzen? Und kann es sein, dass du Camilla nicht besonders magst?« Er wirkt genervt, wenn er von Dante und Camilla spricht.

»Doch ich mag sie, aber ich denke, dass Dante seine Zeit verschwendet. Er läuft ihr ewig hinterher, statt sich einfach jemand neues zu nehmen, die Frauen stehen Schlange bei ihm, er könnte jede haben.« Belinda lacht leise, Männer. »Vielleicht hat er sich in sie verliebt und möchte keine andere.« Vidal löst seine

Arme, sie hören, dass sich Stimmen nähern. »Ich glaube nicht an dieses Liebeszeug. Wenn sie nicht will, sollte er sich eine andere nehmen.« Belinda sieht ihn sich genau an. Er trägt heute eine Anzughose und ein weißes aufgeknöpftes Hemd, natürlich kann er viele Frauen haben, doch auch er wird eines Tages lieben lernen.

»Weißt du, meine Mutter hat mir gesagt, dass man die wahre Liebe nicht erklären kann, nicht beschreiben kann, nicht aufwiegen kann. Eines Tages kommt ein Mensch in dein Leben und wird alles ändern. Du wirst für diesen Menschen Gefühle entwickeln, von denen du noch nicht einmal geahnt hast, dass du in der Lage bist, so zu fühlen. Und dass du daran nicht glaubst, zeigt nur, dass du sie bisher noch nicht gefunden hattest. Ich kenne es auch noch nicht, doch vielleicht haben wir beide irgendwann das Glück.«

Das Lächeln, das sich jetzt auf seinem Gesicht bildet und das kleine Grübchen auf seiner Wange hervorhebt, mag Belinda am allerliebsten. »Das Glück oder das Unglück?« Die Stimmen kommen näher und Belinda zuckt die Schultern. »Wie man es nimmt.« Beide bewegen sich in Richtung Ausgang, doch Belinda stoppt ihn noch einmal. »Wieso bin ich schwer einzuschätzen?« Vidal hat noch immer das Lächeln im Gesicht und blickt zu ihr.

»In einem Moment habe ich das Gefühl, wenn ich dich ein wenig zu tief in meine Welt blicken lasse, brichst du zusammen. Manchmal wirkst du so schockiert und ängstlich, dass ich denke, du rennst jeden Augenblick davon.

Doch im selben Augenblick habe ich auch das Gefühl, dass wenn ich im zehnten Stock am Fenster stehe und dir die Hand reichen und sagen würde, wir müssen springen, du springen würdest.«

Belinda konnte nicht mehr viel zu Vidal sagen, nachdem er seinen Eindruck von ihr beschrieben hat, da sie von den anderen gestört wurden. Die Flüchtlinge sind in ein Krankenhaus gebracht worden und Vidal ist kurz danach mit seinen Männern und Elian gegangen. Sie weiß nicht einmal, ob sie seine Einschätzung von ihr eher positiv oder negativ einordnen soll. Selbst am nächsten Tag grübelt sie noch über seine Worte nach.

Camilla war gestern wirklich schockiert, als sie von Dante erfahren hat, sie fährt heute Abend zu ihm, es soll eine Überraschung werden, auch Belinda soll zu der Feier nachkommen. Sie hat die Nacht nur wirres Zeug geträumt, von den Flüchtlingen und dass sie zu spät gekommen ist. Sie konnte niemandem mehr helfen, dann tauchte immer wieder ihre Mutter auf und sagte ihr, dass sie nicht die gleichen Fehler wie sie machen soll.

Belinda ist deswegen erst am Mittag mit klopfendem Herzen auf der Baustelle vor dem El Borro. Dieses Mal sind mehr Bauarbeiter da, der Parkplatz ist fast fertiggstellt. Belinda kann ohne Probleme zu einigen Männern gehen, die gerade die Abtrennungen aufmalen. »Entschuldigen Sie, ich suche Hugo, ist er wieder da?«

Belinda kann kaum sprechen, ihr Hals ist trocken, sie umfasst ihre Handtasche mit den Bildern so fest, dass ihre Knöchel schon ganz weiß werden. Hat sie sich jemals eingeredet, dieses Thema wäre gar nicht so wichtig für sie, wird sie jetzt klar des Lügens überführt.

Die Männer beachten sie gar nicht weiter, sondern zeigen nur zum Club. »Der Chef ist drinnen!«

Belinda atmet tief ein. Sie hat Glück, er ist bereits wieder da. Der Chef. Camilla hat gesagt, 'El Jefe' bedeutet der Chef, der Mann hat 'El Jefe' gemurmelt, als er das Bild angesehen hat. Kann es sein, dass Hugo ihr Vater ist?

Sie hält kurz ein vor den Stufen und atmet tief ein. Sie ist hergekommen, um Antworten zu bekommen und nun wird sie diese erhalten.

Kapitel 10

Belinda betritt den Club El Borro mit klopfendem Herzen. Nicht nur die Gewissheit, jetzt Hugo zu treffen, sondern auch zu wissen, dass ihre Mutter damals hier war, raubt ihr fast den Atem. Sie streicht ihr weißes Top glatt, obwohl es keine Falte aufweist. Sie weiß nicht, ob sie ihren Vater treffen wird, ob sie überhaupt etwas über ihn erfahren wird, doch trotzdem hat sie sich heute viermal umgezogen.

Zuerst wollte sie einfach nur eine Shorts und ein Shirt anziehen, so als wäre es ein Tag wie jeder andere. Es kann ja gut sein, dass es so sein wird, dass sie, ohne irgendetwas erfahren zu haben, wieder gehen wird. Doch dann hatte sie auch den Gedanken, falls sie plötzlich doch ihrem Vater gegenüberstehen sollte, dass sie wenigstens ein wenig zurechtgemacht aussehen müsste. Nach zwanzig Minuten vor dem Spiegel stand sie stark geschminkt und mit einem rosa Sommerkleid da. Natürlich war all das dann viel zu übertrieben, also hat sie sich wieder abgeschminkt und eine Jeans und eine weiße Bluse angezogen, doch damit sah sie plötzlich zu ernst und viel älter aus.

Belinda wurde immer genervter, hat geduscht und sich einfach nur eine hellblaue Jeans und ein weißes Top angezogen, das am Rücken einen extra tiefen Einblick gewährt. Sie hat sich einen festen Zopf nach hinten gebunden, trägt Perlenohrringe und weiße Leinensneakers, sportlich-elegant. Ein leichtes Make-up betont ihre Augen. Aber trotz ihrer Selbstsicherheit, mit der sie hierher gekommen ist, bekommt sie ihre Gefühle nicht in den Griff, sobald sie über die Türschwelle des Clubs tritt.

Viele Menschen laufen herum. Anhand der Bilder war der Club mal cremefarben gehalten, nun fällt Belindas Blick auf schwarze Tapeten mit weißen Ranken, die mit dem schwarzweißen Marmor einen sehr edlen Kontrast zu den roten Möbeln bieten. Sie befindet sich noch im Eingangsbereich und blickt auf eine Garderobe, die noch in der Bearbeitung ist, eine Frau eilt an ihr vorbei. »Entschuldigen Sie, ich suche Hugo.« Die Frau blickt an ihr herab.

»Wollen Sie sich als Kellnerin bewerben? Ich glaube, die Gespräche sind schon gelaufen, aber versuchen Sie ihr Glück. Hugo ist dort drüben.« Sie zeigt auf mehrere Männer, die sich gerade in einem anderen Raum über einige ausgebreitete Papierrollen lehnen und diskutieren.

Belinda bleibt stehen und sieht sich die Männer alle an, doch sie erkennt nicht den Mann von den Bildern. Unsicher holt sie die Bilder aus der Tasche. Natürlich ändert man sich in so vielen Jahren, doch sie hat das Gefühl, der Mann ist nicht dabei. »Kann ich dir helfen?« Einer der Männer hat sie entdeckt. »Ich suche nach Hugo.« Der Mann ist sehr füllig, er trägt einen Hut, einen buntes Hawaiihemd, Hosenträger und raucht eine Zigarre, es kann gar nicht klischeehafter werden. »Ich bin Hugo, womit kann ich dir helfen, meine Hübsche? Suchst du einen Job?«

Belinda ist froh, als sie näher tritt und wirklich erkennt, dass Hugo nicht der Mann von dem Bild ist, doch sie weiß auch nicht, ob er weiß, wer das ist. »Ich habe bei meiner Mutter diese alten Bilder gefunden und suche jetzt nach dem Mann auf dem Bild.« Sie zeigt Hugo die Bilder, die ihre Mutter hier im Club mit dem Mann zeigen. »Das ist Ramiro. Es gibt niemanden in Puerto Rico, der ihn nicht kennt, Herrgott, ist das lange her.« Belindas Herz beginnt sofort zu rasen, Ramiro. An ihn war auch der Brief gerichtet, der nie zu Ende geschrieben wurde.

»Ich weiß, dass das lange her ist, doch können sie mir vielleicht sagen, wo ich Ramiro finde? Wohnt er hier? Kommt er noch her? Wie kann ich ihn erreichen? Ich habe nur ein paar Fragen ...« Der Mann lacht bitter auf. »Ramiro kommt nicht mehr her, seine Söhne sind manchmal hier, aber auch eher selten.

Ich weiß nicht, was du dir davon erhoffst, aber ich kann dir sagen, dass Ramiro mit Hunderten von Frauen früher hier im Club war, ich würde mir keine Hoffnungen machen, dass er deine Mutter noch kennt. Ramiro ... 'El Jefe' sucht man nicht, er findet dich. Wenn du ihn erreichen möchtest, fahr nach Arecibo und frag dort nach ihm, am besten in einem der Cafés. Doch ich warne dich, mach dir keine falschen Hoffnungen und frag nicht zu viel, sonst wird es gefährlich ... Viel Glück, Kleines!«

Mit diesen Worten lässt er Belinda stehen. Sie überlegt, ihm zu folgen und ihn weiter auszufragen, doch sie bezweifelt, dass es Sinn macht. Er weiß nicht mehr.

Belinda bekommt eine Gänsehaut. Seine Söhne, bedeutet das, sie hat Brüder? Also, falls es ihr Vater ist und er sie überhaupt sehen möchte ... Söhne ... Brüder, vielleicht auch eine Schwester? Sie darf sich jetzt nicht zu viele Hoffnungen machen, Hugo hat recht, sie sollte einen klaren Kopf bewahren.

Belinda geh direkt zur nächsten Busstation. Hier halten Busse, die einen in San Juan umherfahren, aber auch welche, die in andere Städte fahren. Sie hat Glück und in nicht einmal zehn Minuten kommt der Bus, der nach Arecibo fährt, allerdings wird sie über eine Stunde unterwegs sein. Sie zögert einen Augenblick, doch sie weiß, sie muss das jetzt machen, sonst wird sie niemals ihre Ruhe haben, sie wird sich immer Vorwürfe machen, wie weit sie schon war und aufgegeben hat. Deswegen steigt sie dann auch aufgeregt in den Bus nach Arecibo ein.

Die Fahrt wird stickig und holprig. Belinda sieht aus dem Bus und versucht, ihre Gefühle etwas in den Griff zu bekommen. Sie ist auf dem Weg zu einem Mann, der ihr Vater sein könnte. Es ist weder gesagt, dass sie ihn findet, noch dass er überhaupt ihr Vater ist und schon gar nicht, dass er sie sehen möchte.

Wenn er Söhne hat, hat er sicherlich eine Frau, vielleicht wird sie sofort wieder weggeschickt. Wie soll sie ihn finden, was bedeutet einfach nach Ramiro suchen? Wieso nennen alle ihn den Chef? Vielleicht ist er ein Politiker oder er hat viel Macht, was erklären würde, warum ihn jeder in Puerto Rico kennen soll. Es bringt nichts, sich weiter deswegen verrückt zu machen, sie wird ihre Antworten darauf vielleicht heute bekommen.

Die Landschaft, an der sie vorbeifahren, ist wunderschön, es ist grün und tropisch, doch man erkennt auch traumhafte Strände. Als sie endlich in Arecibo ankommen, setzt sich Belinda aufgeregt auf. Es ist auch eine größere Stadt, sie hat noch mehr von den bunten Häusern im Vergleich zu San Juan. Überall gibt es kleine Läden und auf den Straßen herrscht Hochbetrieb. Auch hier gibt es einen kleinen Hafen, der aber wirklich viel kleiner ist als der in San Juan. Belinda erkennt keine Handelsschiffe, eher nur private Jachten und Boote.

Sie steigt am Hafen aus und muss sich erst einmal orientieren. Hier gibt es keine Cafés, also geht sie in der nächst größeren Straße in das nächstbeste Café. Sie geht einfach direkt an die Theke und fragt, ob hier jemand zufällig Ramiro kennt. »Ramiro? El Jefe?« Belinda nickt und der Mann hinter der Theke lächelt mild.

»Natürlich kennen wir ihn, was willst du von ihm?« Belindas Herz schlägt schneller. »Wo finde ich ihn?« Der Mann legt das Handtuch aus seiner Hand und schüttelt den Kopf. »Wenn du das nicht weißt, wird es seinen Grund haben. Ich bin nicht lebensmüde, Kleines, ich kann dir dazu nichts sagen.« Belinda zieht die Bilder aus ihrer Tasche. »Bitte, es ist wichtig.«

Der Mann blickt sich um, nur ein jüngerer Mann sitzt an der Bar, doch der beachtet sie gar nicht. »Am Ende der Straße ist ein Café, da stehen diese Shishapfeifen draußen, frag da nach, dort sind manchmal seine Söhne.«

Belinda bedankt sich und verlässt das Café. Warum war der Mann so ängstlich, als gäbe es um Ramiro ein riesiges Geheimnis. Belinda findet das Café, einige Männer sitzen draußen, rauchen, lachen und trinken. Drinnen sitzen einige schöne Frauen an der Bar, die sie sofort skeptisch betrachten, als habe sie vor, ihnen irgendetwas streitig zu machen.

Alle tragen nur sehr knappe Röcke und kurze Tops, sie sind sehr stark geschminkt. Einen Moment überlegt Belinda, ob sie hier in ein Bordell gegangen ist, doch an einigen Tischen sitzen auch normal aussehende Frauen mit Männern, was sie beruhigt nach jemandem Ausschau lassen hält, der so aussieht, als hätte er hier etwas zu sagen.

Eine Frau kommt aus dem hinteren Bereich mit einem Tablett in der Hand und Belinda spricht sie schnell an. »Entschuldigen Sie, ich bin auf der Suche nach einem Ramiro oder einem seiner Söhne, man hat mir gesagt, dass ich sie hier finden kann.« Die Kellnerin sieht Belinda genau an. »Bist du mit ihnen verwandt? Du hast Ähnlichkeiten mit Alejandro.« Belinda stockt und zuckt die Schultern. »Ich weiß es nicht, es könnte sein.«

Die Kellnerin zuckt die Schultern. »Roman, hier die Kleine sucht Ramiro.« Ein Mann, der draußen vor dem Café sitzt, wendet sich zu ihr um. Er trägt eine Sonnenbrille und mustert Belinda ausgiebig. Neben ihm sitzen zwei weitere Männer. Sie alle sehen zu ihr, und irgendwie kommen sie ihr bekannt vor. Nun ist aber nicht die Zeit, sich darüber Gedanken zu machen, wo sie die Männer schon mal gesehen hat, sie ist wegen etwas anderem hergekommen.

Es ist soweit, mit wild klopfendem Herzen tritt Belinda vor das Café und stellt sich zu den Männern an den Tisch. Keiner steht auf, alle drei sehen sie nur fragend an.

Belinda streicht erneut über ihr Top. Sie ignoriert die Waffe, die auf dem Tisch liegt und sieht zu dem Mann, den die Kellnerin Roman genannt hat. Er ist etwas heller als die anderen beiden eher dunkelhäutigen Männer. Jeder der drei trägt Shorts und ein einfaches Shirt, doch man sieht, dass sie Geld haben, die Uhren an ihren Handgelenken, die ganze Haltung lässt es erahnen. Roman hat ein Cap auf, darunter blinzeln grüne Augen sie an.

»Was möchtest du?« Belinda räuspert sich, sie saugt alles auf, jede Kleinigkeit, wer weiß, wer gerade vor ihr sitzt. Sie spürt, wie ihre Wangen warm werden.

»Ich bin Belinda und ich suche Ramiro, ich muss ihn etwas wegen meiner Mutter fragen und …« Dieser Roman lehnt sich zurück. »Nicht schon wieder.« Belinda versteht nicht was er meint und holt erneut die Bilder aus der Tasche. Roman wirft einen Blick auf die Bilder. »Es ist wirklich wichtig, ich habe nur zwei, drei Fragen und du siehst ja, dass meine Mutter ihn wirklich kennt.« Roman sieht auf die vielen verschiedenen Bilder und kramt sein Handy aus der Shorts. »Er wird nicht begeistert sein, aber ich wollte eh zurück und kann dich zu ihm bringen.«

»Bist du sein Sohn?« Belustigt sieht Roman noch einmal zu ihr. Als er auf seinem Handy etwas eintippt, erkennt Belinda genau wie bei allen Männern der Los Puentes zwei Buchstaben zwischen Daumen und Zeigefinger. Doch nicht wie bei ihnen LP, er trägt die Initialen CS. Roman ist ein sehr hübscher Mann, seine grünen Augen wirken fast unwirklich und doch strahlt er etwas Wütendes aus, etwas Aggressives, Unberechenbares.

Belinda atmet erleichtert aus, als er aufsteht und mit der Zunge schnalzt. »Ich bin nicht sein Sohn.« Er deutet Belinda ihm zu folgen, die anderen Männer stehen auch auf.

»Ramiro ist mein Onkel.«

Roman bringt Belinda zu einem schwarzen Range Rover, der direkt vor dem Café hält, einer der anderen Männer, die bisher geschwiegen haben, geht kurz zur Kellnerin und zahlt. Als sie einsteigen wollen, kommt eine Frau zu ihnen. »Hey Roman, wo steckt Alejandro? Er hat mir versprochen sich zu melden.« Roman hält Belinda die Beifahrertür auf. »Wann war das?« Die Frau stemmt die Arme in die Hüften, sie ist sehr hübsch und sicherlich der Traum vieler Männer. »Vor über drei Wochen.«

Roman lacht leise und zuckt die Schultern, während Belinda einsteigt. Sie hört nicht mehr, was er der Frau erzählt, doch gleich nachdem sie eingestiegen ist, haben sich auch die anderen beiden Männer hinter sie gesetzt. Roman steigt neben sie und startet sofort den Motor. Laut erklingt puertoricanische Musik aus den Boxen, so wie sie hier überall gespielt wird.

»Alejandro ist aber der Sohn von Ramiro?« Belinda kann ihre Neugier nicht verbergen. Roman stellt die Musik leiser. »Woher kommst du, dass du das nicht weißt? Ramiro hat drei Söhne, Alejandro, Santos und Ponce.« Belinda sieht aufgeregt auf die Straße, sie fahren am Hafen entlang. »Ich bin aus Portland, ich bin erst seit zwei Wochen hier in Puerto Rico. Die Kellnerin meinte nur, dass ich Ähnlichkeiten mit diesem Alejandro habe.«

Roman sieht sie von der Seite an. »Die Augen vielleicht, aber du bist sehr hell, also stammst du nicht aus Puerto Rico?« Belinda schüttelt den Kopf. »Nein, ich war noch nie hier, ich bin nur für ein paar Wochen in Puerto Rico, ich arbeite solange in einem Café, das Casita, am Hafen von San Juan und wohne dort in dem kleinen Motel Buenito.« Roman schüttelt leicht den Kopf. Belinda spürt, dass er denkt, sie verschwendet hier ihre Zeit, doch wenigstens bringt er sie endlich zu diesem Ramiro, deswegen sagt sie den Rest der Fahrt einfach nichts mehr.

Sie fahren nur zehn Minuten, doch die Gegend wird immer verlassener. Irgendwann halten sie vor einem riesigen schwarzen Eisentor. Belinda bemerkt einige Männer mit Gewehren, die am Zaun stehen, das Grundstück, auf das sie fahren, muss riesig sein. Als sich das Tor jetzt öffnet, wird Belinda das erste Mal unsicher, sie kennt hier niemanden. Ist sie eigentlich wahnsinnig, mit solch gefährlichen Männern unterwegs zu sein? Die Suche nach ihrem Vater raubt ihr auch noch ihre letzte Vernunft, doch als sie auf das Grundstück fahren, ist es zu spät, sie hätte vorher an ihre Sicherheit denken müssen.

Ganz am Anfang gibt es noch ein kleines Stück Straße, die aber gleich an mehreren großen Garagen endet. Vor den Garagen und daneben stehen einige Luxusautos und Belinda will gar nicht wissen, was sich alles in den Garagen befindet. Sie steigen aus und Belinda sieht sich eingeschüchtert um. Man erkennt noch nicht viel außer einigen Häusern, die hier frei herumstehen, in der Mitte steht ein großer Brunnen. Es wirkt fast so, als wäre es hier ein kleiner eigener Ort. »Was ist das hier?«

Roman läuft neben ihr den Weg in Richtung der Häuser. Alles ist gepflegt, ein Gärtner bewässert gerade den sattgrünen Rasen, eine Vielzahl unterschiedlicher Blumen wachsen an den Rändern. Der Weg, den sie entlang gehen, wirkt wie eine riesige Marmorterrasse. »Das ist die Sombras Cuidad, ein abgezäuntes Gebiet, in dem nur die engsten Mitglieder der Familie wohnen. Jeder hat sein eigenes Reich, aber alle sind zusammen, Ramiro legt viel Wert darauf. Vor einigen Jahren sind diese kleinen Städte gebaut wurden, weil es sehr viele Unruhen gab. Ich habe das Gefühl, du kommst vom Mond.«

Belinda sieht zu ihm hoch und zuckt die Schultern. »Ich habe wirklich noch nie etwas davon gehört.« Er zeigt auf einige Villen, alle sehen ähnlich teuer aus. »Hier wohnen meine Cousins, dort zwei Onkels, mein Haus ist auch hier, alle haben ihren eigenen Garten, ihr eigenes Reich, aber am häufigsten sind wir alle da vorne, das ist quasi der Gemeinschaftsgarten.« Erst jetzt sieht Belinda, dass hinter dem Brunnen eine große Rasenfläche ist, einen großen Pool gibt es dort auch, an dem mehrere Männer sitzen und an Tischen Karten spielen.

Einige liegen faul auf Liegen herum, auch ein paar Frauen laufen umherum. Eine Hausangestellte bringt Getränke aus einem etwas größeren Haus, das wie ein Poolhaus wirkt.

Belindas Herz schlägt schneller, als einige der Männer sie bemerken und ihnen entgegensehen. Dahinter steht das größte und edelste Haus. Belinda stockt einen Moment. »Na los, Kleines, ich habe nicht ewig Zeit, ich bringe dich jetzt zu Ramiro und du kannst mit ihm besprechen, was du zu klären hast.«

Belinda atmet tief ein, als sie auf den Gemeinschaftsbereich des riesigen Grundstückes zugehen. Sie entdeckt zwei große Grills, einen großen weißen Tisch, der so aussieht, als würde er für Besprechungen genutzt werden. Es sind viele Männer hier, vielleicht gab es gerade eine Besprechung, allerdings haben die meisten nur eine Shorts an. Belinda ist es unangenehm, alle sehen sie an.

Die Männer sind fast alle durchtrainiert, die meisten sehen gut aus, sie tragen alle Waffen bei sich, die ganz locker in ihrem Hosenbund stecken. Zwei Hundewelpen laufen durch dieses ganze Chaos und Belinda muss aufpassen, dass sie nicht stolpert.

»Hey Roman, was hast du da mitgebracht, teilst du die Hübsche?« Belinda sieht zu einem Mann mit Augenklappe, sein Gesicht ist komisch verzerrt. Roman zeigt ihm etwas mit der Hand an. Belinda sieht schnell weg. Erlebt sie all das hier gerade wirklich oder wacht sie gleich auf? »Ey, du Sack, ich warte seit zehn Minuten, wir müssen die Ware aus Detroit abholen. Was soll das hier werden?«

Ein Mann stellt sich ihnen in den Weg. Er muss ungefähr in Belindas Alter sein und mustert sie misstrauisch. Er sieht gut aus, seine dunklen Augen funkeln sie neugierig an, er hat auch ohne zu lächeln zwei Grübchen auf den Wangen und einen gepflegten Dreitagebart, er hat kurze schwarze Haare. Auch er trägt nur eine Jeansshort, allerdings hat er ein weißes Shirt in der Hand, was er sich überstreift, trotzdem konnte Belinda noch die großen verschnörkelten Buchstaben CS auf seiner Brust sehen, ähnlich wie die Initialen LP auf Vidals Hals.

»Ich bin gleich da, sie sucht deinen Vater, hat in der Stadt nach ihm herumgefragt. Ich dachte, ich beende das und bringe sie her.« Der Mann zieht sein Shirt gerade und sieht Belinda an, dabei bildet sich ein fieses Grinsen in seinem Gesicht, was ihn zwar noch besser aussehen lässt, aber was garantiert nicht nett gemeint ist.

»Was willst du von meinem Vater?« Belinda sieht den Mann nur vollkommen überrumpelt an. Wenn all das stimmt, ist er ihr Bruder. »Ich schätze, ihre Mami hat ihr erzählt, dass dein Vater ihr Vater sein könnte, um schnell an Geld zu kommen, wäre ja nicht das erste Mal. Aber das sollen die selbst klären, wir können in einer Minute los, Ponce.«

Nicht nur dieser Ponce, der sich abwendet und weggeht, hat die Worte von Roman gehört. Einige Männer sehen sie genervt an und Belinda eilt Roman hinterher, der jetzt die Marmortreppen zum größten und schönsten Haus hinauf geht. »Hey, warte kurz, so ist das nicht. Ich bin nicht wegen Geld hier, ich ...«

Zwei Männer kommen ihnen entgegen, und bei ihrem Anblick stockt Belinda erneut.

Kapitel 11

Sie sind beide etwas älter als Belinda, vielleicht um die fünf-
undzwanzig, doch von sämtlichen hier versammelten Männern,
die Belinda alle eine Gänsehaut verursachen, sehen die beiden
am allergefährlichsten aus und das, obwohl die zwei wirklich
hübsch sind. Besonders der größere der beiden fällt sofort auf,
er hat eine ähnlich mächtige Ausstrahlung wie Vidal, doch nicht
das lässt Belinda einen kleinen Schritt zurückweichen.

Der Mann hat genau die gleiche mandelförmige Augenform
wie sie, nur dass ihre hellbraun und die des Mannes ganz dunkel
sind. Über dichte Wimpern hinweg blickt er zu ihr. Er hat genau
den gleichen Leberfleck wie sie auf der rechten Wange, nur dass
er bei dem Mann etwas weiter unterhalb des Wangenknochens
ist und ihrer genau darauf. Der junge Mann sieht aus wie der
Mann auf dem Bild neben ihrer Mutter, nur in jünger. Einen
Moment scheint auch der Mann etwas verwirrt und blickt ihr in
die Augen.

»Alejandro, ist dein Vater im Haus?« Belinda blickt an dem
Mann herab. Das ist Alejandro? Er sieht düster zwischen
Roman und ihr hin und her. Belinda entdeckt ein Tattoo, das
sich über seinen rechten Unterarm erstreckt. 'Cinco ...' Belinda
kann nichts Näheres erkennen, die beiden Männer gehen weiter.
»Er ist mit Ignacio auf der Terrasse, aber er hat keine gute Laune!« Mit diesen Worten gehen die beiden Männer weg.

So wütend wie die beiden ausgesehen haben, kann es sehr gut
sein, dass sie sich mit ihm gestritten haben. Es scheint kein
wirklich passender Zeitpunkt zu sein, doch nachdem Belinda
jetzt Alejandro ins Gesicht gesehen hat, weiß sie, dass sie hier
richtig ist.

Roman lässt sich von den Worten nicht beeindrucken und geht ins Haus. Als Belinda stockt, dreht er sich zu ihr um und zwinkert ihr mit seinen grünen Augen zu. »Hier beißt keiner, zumindest nicht ohne Grund, also komm.« Belinda reißt sich zusammen, sie muss das jetzt durchziehen. Sie ballt ihre verschwitzten Hände zu Fäusten und redet sich selbst Mut zu. Als sie in die gigantische, in weißen Marmor gehaltene, Eingangshalle kommen, kann Belinda noch schnell einen Blick in den Spiegel werfen. Auch wenn sie im Inneren gerade zu aufgewühlt ist, um klar denken zu können, sieht man ihr das nicht an.

Sie gehen an einer riesigen amerikanischen Küche vorbei mit einem großen Kochplatz in der Mitte, an dem man auch essen kann. Allein die mit Ornamenten verzierten Bodenfliesen müssen ein Vermögen gekostet haben. Diese Leute müssen sehr reich sein, kein Wunder, dass sie denken, man wäre nur hinter dem Geld her. Roman geht an den Kühlschrank und nimmt sich eine Flasche heraus, es sieht wie Bier aus.

Jetzt erst bemerkt Belinda, dass die beiden Männer, die sie begleitet haben, nicht mehr da sind. »Möchtest du etwas trinken?« Belindas Hals ist trocken, sie nickt. Roman holt eine Flasche Cola heraus und schenkt ihr ein Glas voll ein. Schon der erste Schluck tut gut und als sie weitergehen, hält Belinda das Glas fest in ihrer Hand, etwas, woran sie sich klammern kann, um ihre Hände zu beschäftigen.

Sie gehen durch einen schönen Wohnbereich, geschmackvoll eingerichtet mit vielen hellen Möbeln. Doch Belindas Blick ist viel zu sehr auf die große Terrasse fixiert, die sie unmittelbar ansteuert und auf der sie zwei Männer sieht. Einer sitzt und der andere läuft umher. Dahinter ist ein weiterer Garten mit Pool zu erkennen, allerdings etwas kleiner als der im Gemeinschaftsbereich vor dem Haus.

Die beiden Männer blicken zu ihnen. Es ist tatsächlich der Mann von dem Foto, der plötzlich vor ihr steht. Er ist älter, erste graue Strähnen zeichnen sich in seinen Haaren ab, um seine Augen erstrecken sich Lachfalten, doch Belinda erkennt ihn sofort, er sieht noch immer sehr gut aus.

Der Mann ist auch noch nicht sehr alt, Mitte vierzig vielleicht. Da Belindas Mutter sie sehr früh bekommen hat, ist natürlich auch er noch nicht sehr alt. Ein anderer Mann, der noch etwas älter wirkt und etwas fülliger ist, sitzt auf einem Stuhl und lehnt sich zurück, als sie die Terrasse betreten. Doch Belinda hat nur Augen für Ramiro ... er hat die gleiche Augenform wie sie sie hat ... und Alejandro, was sie heute entdeckt hat, auch seine Augen sind wie die seines Sohnes dunkler als Belindas, er trägt den gleichen Leberfleck auf der Wange. Belinda kann sich nicht sattsehen an seinem Gesicht und sie spürt, dass dies ihr Vater ist. Sie spürt es tief in ihrem Herzen.

»Was soll das, Roman? Willst du uns deine Freundin vorstellen? Wir haben gerade zu tun, die große Lieferung der Russen steckt fest.« Belinda bekommt sofort eine Gänsehaut, als sie die tiefe Stimme ihres Vaters hört. Auch wenn sein Sohn schon gefährlich aussieht und sicherlich auch einiges zu sagen hat, hat ihr Vater die Macht, das spürt Belinda sofort. Ihr steigen Tränen in die Augen, in ihr bricht das totale Gefühlschaos aus und sie traut sich kaum zu atmen.

»Du glaubst doch nicht in echt, dass ich mir eine Freundin anschaffe. Die hat in der Stadt nach dir gefragt, ich habe sie mitgebracht, irgendwas mit ihrer Mutter. Ponce und ich fahren die Lieferung aus Detroit abholen, dann erkundigen wir uns gleich wegen der großen Lieferung.« Er wendet sich um und zwinkert ihr noch einmal zu. »Viel Glück!«

Belinda sieht ihm hinterher. Als sie sich dann umwendet, blicken sie die beiden Männer genervt an. Belinda schließt einen

Augenblick die Augen und klammert sich an ihrem Glas fest. »Ich bin auf der Suche nach Ramiro, ich habe bei meiner Mutter Bilder gefunden und einen angefangenen Brief. Ich habe mich nie getraut, nach meinem Vater zu fragen, doch als ich all das gefunden habe ...« Ihr Vater sieht ihr nicht einmal richtig ins Gesicht, er ist schon wieder halb abgewendet, der andere Mann bekommt ein belustigtes Lächeln im Gesicht, nachdem Belinda angefangen hat, herumzudrucksen.

»Hör zu Kleines, es gibt einige Frauen, die meinen, ihre Kinder seien nun alle von mir, du bist nicht die erste, die das denkt. Ich lasse die Hausangestellten einen Abstrich von dir machen, wir testen das. Wenn es doch stimmt, was bisher nie der Fall war, können wir darüber reden, was du für Zahlungen bekommst, aber davor verschont mich bitte damit.«

Belinda weicht zurück, ihr ganzes Leben hat sie sich diesen Moment vorgestellt, ihn hunderte Male in ihren Träumen erlebt und ihr Vater sieht sie nicht einmal an. »Ich will kein Geld, ich bin nur auf der Suche nach meinem Vater. Meine Mutter ist gestorben und ich habe die Sachen gefunden.«

Das Handy ihres Vaters klingelt, er sieht genervt zu ihr und ihr das erste Mal richtig ins Gesicht. Einen Moment stockt er, doch sein böser Blick weicht nicht aus seinem Gesicht. Belindas Herz zerspringt in tausend kleine Teile. Sie muss sich jetzt zusammenreißen, sie wusste, dass es so kommen könnte. Sie wollte ihren Vater sehen, das hat sie und jetzt weiß sie, was für ein Mensch er ist, trotzdem kämpft sie gegen ihre Tränen an.

»Sie hat dir nicht mal gesagt, dass ich dein Vater bin und du bist nur auf gut Glück hier? Denkt ihr, ich habe nichts Besseres zu tun ....« Er flucht und geht ans Telefon, dabei wendet er sich ab.

Belinda streicht sich eine Träne weg, die Enttäuschung kommt ihr bitter die Kehle hoch, sie will hier nur noch weg. »Hör zu,

126

mach den Test und wir melden uns, wenn ….« Der ältere Mann spricht sie an, während ihr Vater sich immer mehr entfernt und telefoniert. Belinda stellt das Glas auf den Tisch. Sie kramt zwei der Bilder hervor, die ihre Mutter und ihren Vater zusammen zeigen und wirft sie auf den Tisch. »Ich verzichte auf den Test, ich habe kein Interesse an irgendwelchem Geld, ich habe Antworten gesucht und sie bekommen.«

Mit dem letzten bisschen Stolz, den sie in sich trägt, wendet sie sich ab und verlässt die Terrasse wieder. Die Bilder lässt sie dort, sie braucht sie nicht mehr, sie weiß jetzt, warum ihre Mutter nie von ihrem Vater gesprochen hat: Weil er ein arroganter Arsch ist.

Sie trifft auf eine Frau, die am Herd steht, wahrscheinlich arbeitet sie hier. Belinda fragt, wie sie hier rauskommt, ohne noch einmal an dem Pool vorbei zu müssen. Die Frau zeigt ihr einen Seitenausgang. Auf einem Seitenweg kommt sie schnell, und ohne noch jemanden zu treffen, wieder zu den Garagen und dem schwarzen Eisentor, wo sie auch sofort durchgelassen wird. Belinda muss ein wenig laufen, bis sie ein Taxi findet, das glücklicherweise gerade vorbeifährt und lässt sich zum Hafen fahren, wo sie über eine Stunde auf den Bus warten muss. Doch sie reißt sich zusammen. Erst als sie darin sitzt und Arecibo wieder verlässt, bricht sie richtig in Tränen aus, alle Wut über die Demütigung und die Enttäuschung über dieses Treffen bricht aus ihr heraus.

Es wird langsam dunkel und sie hat die Hälfte der Strecke schon hinter sich gebracht, als sie sich endlich wieder etwas beruhigt. Belinda sieht auf ihr Handydisplay, das erste Mal, seitdem sie heute Mittag losgefahren ist. Camilla hat ihr geschrieben und sie versucht anzurufen. Sie ist jetzt zur Party von Dante gegangen und bittet Belinda, auch noch nachzukommen, sie hat ihr die genaue Adresse geschickt. Belinda steckt das Handy wieder in die Tasche.

Auch wenn sie wusste, dass es so kommen konnte, es trifft sie. Wie oft hat sie sich diesen Moment vorgestellt und immer, wirklich immer, hat ihr Vater sich gefreut und hat sie in den Arm genommen. Trotz der Gewissheit, dass es passieren konnte, trifft sie diese Abweisung sehr hart. Verdammt, er hat sie nicht einmal richtig angesehen, hat er die Ähnlichkeit nicht bemerkt? Jetzt weiß sie, dass sie Brüder hat und doch ist sie weiter allein. Vielleicht hat sie sogar noch mehr Geschwister.

So wie es sich angehört hat, könnte es gut sein, dass er noch eine ganze Horde an Kindern hat. Und das Schlimmste ist, der erste Eindruck von ihm, so hart wie die Situation auch war, hat ihre geheimen Wünsche sogar übertroffen. Sie hat sich immer einen hübschen Vater gewünscht, einen starken, der sich immer schützend vor sie stellt. Ihr Vater ist ein sehr hübscher Mann, trotz seines Alters ist er fast genauso breit und gut gebaut wie seine Söhne, er strahlt Macht aus, doch all das bedeutet halt eben nichts, wenn er kein guter Mensch ist.

Belinda geht direkt in ihre kleine gemietete Wohnung im Buenito. Sie stellt sich sofort unter die Dusche, doch auch danach fühlt sie sich weder besser noch sieht sie weniger verweint aus. Sie wird heute keinen Schlaf finden, nicht mit all dem, was jetzt in ihrem Kopf vor sich geht. Ihr Handy piept erneut. 'Die Frauen hier fressen deinen Vidal langsam auf, wenn du nicht bald auftauchst. Er fragt nach dir.'

Belinda atmet tief ein, dann geht sie zu ihren paar Kleidungsstücken und sucht sich etwas Passendes heraus. Gleich Montag wird sie sich einen Flug zurück nach Portland buchen. Sie möchte nur noch weg hier, doch davor will sie ihren Spaß haben, sie will alles andere vergessen und einmal in ihrem Leben nicht vernünftig handeln.

Camilla legt ihr Handy weg und sieht zu Vidal, der gerade von zwei Frauen umgarnt wird. Sie weiß, dass ihre neue Freundin Vidal mag und da er sie nach Belinda gefragt hat, wird das auf Gegenseitigkeit beruhen. »Sie sind in fünf Minuten da.« Ein Mann, den sie schon öfter mit Dante zusammen gesehen hat, klappt sein Handy zu. Sie stehen mitten in Dantes Wohnbereich in seiner riesigen Villa. Camilla hat sich nie vorgestellt, wie er leben könnte, doch als sie in die Wohngegend der Los Puentes gefahren ist, war sie wirklich überrascht.

Jeder weiß, dass die Familias in Puerto Rico alle in Cuidads wohnen, sogenannten Gegenden, die abgesperrt für alle anderen sind. Mittlerweile leben auch andere reiche Familien in solchen Cuidads, doch überwiegend nutzen das die Familias für sich. Die Cuidad der Puentes ist riesig, sie ist sehr gepflegt. Als sie mit dem Taxi angekommen ist, hat Benito sie ein wenig herumgeführt und ihr alles gezeigt.

Jeder hat seine eigene Villa und es gibt eine, die als Gemeinschaftshaus für alle genutzt wird. Dort stehen Fitnessgeräte, es gibt ein Hallenbad und ein Kino, einen Versammlungsraum und viele Spielautomaten für die Männer. Doch auch die einzelnen Villen sind beeindruckend, alles hier hat sie staunen lassen. Man kommt nur dann an den bewaffneten Leuten am Eingang vorbei, wenn es die engste Familie erlaubt, jeder hier kennt sich, es ist wirklich wie eine große Familie. Wie eine große böse, bewaffnete Familie zwar, aber wie eine Familie.

»Hey, ich sehe dich hier zum ersten Mal, gehörst du zu Paolas Freundinnen?« Camilla dreht sich zu einem großen schlanken Mann um, der nur eine Badeshorts trägt und noch ganz nass ist, offenbar war er gerade im Pool. Camilla hat diese Paola auch schon entdeckt, sie ist mit einigen Frauen gekommen. Alle sehen sehr heiß aus und wenn Camilla das als Frau schon eingestehen muss, will sie gar nicht wissen, was die Männer erst darüber denken.

Doch es sind auch andere Frauen da. Einige, die sie mit Vidal gesehen hat, gehörten nicht zu Paola, es sind so viele Menschen hier, dass sie den Überblick verloren hat und sich wundert, dass sie in ihrem langen weißen Sommerkleid überhaupt auffällt, bei soviel nackter Haut, die hier gezeigt wird. »Ähmm, nein. Ich bin nur wegen dem Geburtstag von ...« Dem Mann wird freundschaftlich auf die Schulter geklopft und Elian geht an ihnen vorbei.

»Ceca, sie gehört zu Dante, du hast die Schießerei doch überlebt. Musst du jetzt nochmal dein Leben riskieren?« Der Mann hebt lachend die Hände. »Tschuldige, das wusste ich nicht, viel Spaß dir noch.«

Damit sind beide verschwunden. Camilla setzt sich auf einen weißen Stuhl, der an einem leeren Tisch hier im Garten steht. Sie gehört zu Dante, nein, das tut sie nicht. Aber wieso bekommt sie allein beim Gedanken daran eine Gänsehaut? Sie mag ihn, sicherlich schon mehr als das, die Zeit, die sie zusammen verbracht haben mit Vidal und Belinda, war wirklich schön. Camilla hat sich darauf eingelassen, hat seine Hand gehalten und seine Nähe zugelassen.

Es war schön. Sie wusste, dass es nicht gut ist, doch es war schön. Und als er sich dann die Tage nicht gemeldet hat, dachte sie, es ist besser so, sie weiß, es ist besser so. Doch gleichzeitig hat es sie gestört, sie wütend und enttäuscht gemacht. Als sie jetzt erfahren hat, dass er verletzt ist, angeschossen und es auch hätte schlimmer enden können, hat das in ihr ein noch größeres Chaos angerichtet.

Es fühlt sich merkwürdig an, jetzt hier zu sein, in seinem Leben, in seinem Zuhause, wo sie sich so lange geweigert hat, ihn auch nur ein wenig zu nah an sich heranzulassen, doch gleichzeitig musste sie ihn sehen, sich selbst davon überzeugen, dass er in Ordnung ist, dass es ihm gut geht.

»Macht die Lichter aus!« Seine Familie und Freunde wollen ihn überraschen. Auch wenn es nur ein Streifschuss war, hat Dante viel Blut verloren und allen einen ganz schönen Schreck eingejagt. Er hätte noch länger im Krankenhaus bleiben müssen, doch sie haben ihn abgeholt, um ihn hier zu überraschen. Es wird ganz dunkel, als alle Lichter ausgeschaltet werden. Da das Grundstück so groß ist, sieht man nicht, wie die Autos ankommen, doch sie sehen, wie drei Gestalten langsam auf sie zukommen. Jemand in der Mitte wird gestützt und Camillas Herz schlägt schneller.

»Happy Birthday!!!«

Die Lichter werden wieder eingeschaltet und alle treten hervor, nur Camilla bleibt auf ihrem Stuhl sitzen und schluckt schwer, als sie auf Dante sieht. Benito und ein weiterer Mann stützen ihn, er trägt nur eine graue Jogginghose und ein Unterhemd. Sein linker Oberarm und seine Schulter sind verbunden, er ist etwas blasser um die Nase, doch trotzdem sieht er noch genauso gut aus wie sonst auch immer, besonders als er sich jetzt verblüfft umsieht und zu lächeln beginnt, als Vidal auf ihn zukommt, die anderen ihn loslassen und Vidal ihn kurz in den Arm nimmt und ihm etwas zuflüstert.

Nach und nach kommen immer mehr Männer und beglückwünschen Dante. Man sieht ihm an, dass er wirklich keine Ahnung von der Geburtstagsfeier hatte. Er nimmt Glückwünsche entgegen, doch man erkennt, dass er dabei noch Schmerzen hat. Plötzlich blickt er zu ihr und stockt in seiner Bewegung. Camilla lächelt, in Dantes Gesicht gibt es keine Regung, er wird weiter in den Arm genommen, wird beglückwünscht, doch sein Blick bleibt auf ihr geheftet, bis Camilla sich einen Ruck gibt, aufsteht und zu ihm geht.

Sie spürt einige Blicke auf sich. Sie weiß, dass Dantes Cousins nicht sehr begeistert davon sind, dass er sich so um sie bemüht. Sie denken sicherlich, dass es die Mühe nicht wert ist und sie haben recht, doch Dante hört offenbar nicht auf sie. »Hi, herzlichen Glückwunsch zum Geburtstag.« Camillas Stimme hört sich viel zu unsicher an, als sie genau vor Dante steht und ihm in die Augen sieht, doch er nimmt ihr die Unsicherheit, indem er sie in die Arme nimmt.

Jeder hier hat Dante umarmt, jetzt legt Dante das erste Mal selbst seine Arme um sie. Camilla schließt die Augen, sie legt ihre Wange an seine Brust und auch ihre Arme legen sich um seine Taille. Sie genießt seinen Geruch, oft hat sie abends daran gedacht, wie es wohl wäre, einmal in seinen Armen einzuschlafen. Als sie einen Kuss an ihren Locken spürt, gibt sie sich einen Ruck. Sie denkt an das kalte, ängstliche Gefühl, was sie bekommen hat, als Vidal ihr berichtet hat, dass Dante angeschossen wurde.

»Ich habe mir Sorgen um dich gemacht.« Auch wenn sie leise gesprochen hat, weiß sie, dass Dante sie gehört hat, als er sich kurz versteift, doch dann lässt er sie so los, damit er ihr in die Augen sehen kann und lächelt. »Es ist das schönste Geschenk, dass du hier bist, in meinem Zuhause, mit meiner Familie und Familia.«

Camilla kommt nicht dazu, etwas zu sagen, denn Vidal und Elian tragen einen dreistöckigen Kuchen herein, auf dem die Zeichen LP aufgetragen sind und die oben ein Bild mit einigen Männern zeigt, die alle zusammenstehen. Sie erkennt Dante, Benito, Vidal, Elian und Ponce, sowie einige andere Männer, die ab und zu mit zum Café kommen, doch auf dem Bild sind noch viel mehr Männer.

Es brennen Kerzen auf dem Kuchen, Camilla zählt 24, damit ist er ein Jahr älter als sie. »Na los, alter Sack.« Dante pustet die

Kerzen aus, Camilla bleibt neben ihm stehen und sie bekommt das erste Stück von ihm überreicht.

Danach kommen immer mehr Leute und gratulieren ihm, es geht eine ganze Weile so, doch Dante achtet darauf, dass Camilla bei ihm bleibt. Die Musik wird immer lauter, es wird gegrillt und viel getrunken. Irgendwann entdeckt Camilla Belinda auf sie alle zukommen und ist ganz erleichtert sie zu sehen. Sie hatte sich Sorgen gemacht, sie mag Belinda mittlerweile schon sehr. Sobald ihre neue Freundin näher kommt, sieht sie ihr an, dass etwas nicht stimmt.

Belinda sieht zwar wirklich umwerfend sexy aus in ihrem schwarzen engen Rock, der ihr bis zu den Knien geht und dem bauchfreien roten Top, aber wenn man sie genauer ansieht, erkennt man, dass es ihr gar nicht gut geht. Sie ist wunderschön, Camilla fand Belinda vom ersten Moment an schön, doch genau jetzt wird ihr das wieder richtig bewusst. Ihre Augen sind der Wahnsinn, nicht nur die schöne große mandelförmige Form, auch dieses hellbraun mit den grünen Sprenkelungen drinnen funkelt sie sogar von Weitem an. Sie hat schön geschwungene Lippen und der Leberfleck auf ihrer Wange rundet das ganze Bild noch ab.

Es ist ein merkwürdiger Mix, der sie so besonders macht. Man sieht ihr an, dass sie etwas puertoricanisches an sich hat, doch auch, dass ein Elternteil von ihr sehr hell gewesen sein muss. Belinda hat sich geschminkt, hat besonders ihre Augen betont, trotzdem erkennt Camilla, dass sie geweint hat und das bestimmt nicht zu wenig. Ihre Haare trägt sie offen, sie sind glatt, nur die Spitzen wellen sich.

Camilla sieht sich nach Vidal um, der sie vorhin immer wieder gefragt hat, ob Belinda kommen wird. Er ist der Anführer hier, alle Frauen suchen seine Aufmerksamkeit. Auch jetzt liegt er auf einer Poolliege und zwei Frauen sitzen neben ihm, um ihm irgendetwas zu erzählen. Natürlich hat eine der Frauen ihre Hand auf seinem Bein liegen und fährt immer höher. Camilla lächelt. Keine dieser Frauen kann Belinda das Wasser reichen, aber das Besondere daran ist, Belinda weiß das nicht einmal, sie schätzt sich und ihre Wirkung auf Männer komplett falsch ein.

Natürlich ist Vidal auch ein sehr hübscher Mann, mit seinen Tätowierungen, dem hübschen Gesicht und den dunklen Augen ist es kein Wunder, dass die Frauen ihm so verfallen, doch selbst er hat gemerkt, dass Belinda etwas ganz Besonderes ist.

Camilla winkt Belinda zu sich und gibt ihr einen Kuss auf die Wange. »Hey Süße, alles in Ordnung? Was frage ich, nein, ist es nicht, das sehe ich.« Belinda ist es egal, dass Dante grade mit jemandem redet, sie geht schnell zu ihm, küsst ihn auf die Wange und gratuliert ihm, danach kommt sie zu Camilla zurück. »Seine Verletzung sieht ja ziemlich böse aus.« Camilla nickt. Man sieht, dass Dante Schmerzen hat, trotzdem lässt er es sich nicht nehmen und spricht mit allen, die ihm gratulieren wollen.

»Ja, aber erzähl mir endlich, was bei dir los war, hast du deinen Vater …?« Belinda hebt die Hand. »Bitte nicht, ich erzähle dir morgen alles, versprochen, aber ich kann jetzt nicht mehr von diesem Mann reden. Ich bin nur hergekommen, um meinen Spaß zu haben und alles andere um mich herum zu vergessen.«

Camilla sieht, wie sich sofort wieder Tränen in Belindas Augen bilden und nickt. Sie deutet zu Vidal. »Er hat schon die ganze Zeit nach dir gefragt, aber mach nichts Unüberlegtes.« Belinda lächelt matt, das was heute passiert ist, muss ihr sehr wehgetan haben. »Ich war immer vernünftig, mein Leben lang. Aber genau heute Abend will ich es nicht sein. Wenn was ist, ruf mich an, auch wenn du gehen willst, okay?« Camilla umarmt Belinda noch einmal.

»Morgen erzählst du mir alles, versprochen? Amüsiere dich, aber pass auf dich auf.«

Belinda geht auf Vidal zu, doch dann wendet sie sich noch einmal um. »Egal was hier in Puerto Rico passiert ist oder noch passiert, ich bin froh, dich getroffen zu haben.« Sie dreht sich wieder um und Camilla beobachtet besorgt, wie sie auf Vidal zugeht.

Kapitel 12

Belinda kann nicht einmal sauer sein, als sie Vidal mit zwei Schönheiten auf der Liege sieht und auf ihn zugeht. Nur weil er nach ihr fragt, bedeutet es nicht, dass sie ein Grundrecht auf ihn hätte, zumal sie lieber heute als morgen hier verschwinden würde und er weiß, dass sie bald weg ist. Doch jetzt und hier wird sie ihren Spaß haben, komme was wolle, die zwei Frauen müssen verschwinden. Vidal bemerkt sie gar nicht, er ist dabei, einer der Frauen etwas auf seinem Oberarm zu zeigen.

Belinda atmet tief ein. Vidal trägt eine Jeans und ein weißes Shirt, seine braune Haut schimmert bei dem flackernden Feuer der vielen kleinen Fackeln und dem gedimmten Licht im Garten. Ihr Blick fällt auf die Kratzer auf seinen Wangen, die Tattoos und sein schönes Gesicht und sie fragt sich, ob es für einen Mann wie ihn jemals nur eine Frau geben wird, ob er in der Lage ist, nur eine Frau zu lieben und ob eine Frau in der Lage ist, einen Mann wie Vidal zu bändigen.

Erst als sie schon fast an der Liege ist, sieht er zu ihr und richtet sich sofort auf, was gleichzeitig die Frauen dazu bewegt, etwas Abstand zwischen ihnen zu bringen. »Ich wollte nicht stören, du siehst ja sehr beschäftigt aus.« Belinda muss lächeln. Es ist zu süß, wie er schnell versucht, das Ganze harmlos aussehen zu lassen. »Du hast mich bei nichts Wichtigem gestört, ich dachte schon, du kommst gar nicht mehr. Wo warst du solange?«

Die laute Musik donnert in Belindas Kopf und die Erinnerung an die harten Worte ihres Vaters kommen ihr wieder ins Gedächtnis, doch bevor sie das zulässt, streckt sie die Hand nach Vidal aus. Sie will Spaß haben und vergessen.

»Das ist unwichtig. Gibt es hier einen Platz, wo man etwas ungestörter ist?« Gott, sie würde sonst nie so reden, doch heute wird sie einmal über ihren Schatten springen. Sie wird diesem Land eh bald den Rücken zukehren und nie wieder zurückblicken. Vidal hebt verwundert die Augenbrauen, steht dann aber auf. »Natürlich, bist du sicher, dass bei dir alles in Ordnung ist?«

Ihren Blicken nach zu urteilen würden die Frauen Belinda am liebsten umbringen, doch sie ignoriert das alles und nickt. Vidal bleibt vor ihr stehen und sieht ihr in die Augen. Belinda könnte das stundenlang tun, sie liebt seine Augen, doch sie darf nicht zulassen, dass sie zu weich wird, also tritt sie näher und schmiegt sich an ihn. »Ja, es ist alles in bester Ordnung.«

Vidal schüttelt leicht den Kopf und nimmt Belindas Hand. »Na schön, komm mit!« Der Mann am Eingang hat sie einfach hereingelassen. Dieses Grundstück ist nicht ganz so groß wie das ihres Vaters, aber es ist seinem sehr ähnlich. Offenbar leben in Puerto Rico einige Leute so.

Vidal bringt sie direkt in das Haus neben dem, wo sich alle versammelt haben. Es ist viel größer, es wirkt fast so, als wäre es hier das größte. Sie betreten das Gebäude und jetzt erst erkennt Belinda, wie riesig es wirklich ist. Der dunkle Holzboden mit seiner edlen, feinen Maserung lässt ihre Absätze klackern. Belinda zieht sie aus und läuft barfuß weiter.

»Ist das dein Haus?« Vidal nickt und Belinda sieht in einen offenen Wohnbereich, er ist hell gehalten. Ein Billardtisch steht darin, ein riesiger Fernseher und große, kuschelige breite Sofas. Man blickt von hier direkt in einen beleuchteten Garten und erkennt dahinter sogar das Meer. Auch wenn die Küche fehlt, erinnert es Belinda trotzdem etwas an das Haus ihres Vaters.

Sie reibt sich über die Stirn, ihr wird heiß, sie muss das jetzt verdrängen, sonst wird sie keinen Spaß haben. »Wo ist das Bad?« Vidal sieht sie noch immer sehr misstrauisch an, doch er nickt mit seinem Kopf nach oben. Belinda ist überzeugt davon, dass auch hier unten eines sein wird, doch Vidal bringt sie in ein großes Schlafzimmer.

Es ist so groß, wie es ihre gesamte Wohnung in Portland war und es steht nicht einmal viel drin. Ein riesiges Bett mit dunkler Bettwäsche, einige Sideboards und zwei Sessel. Man sieht, dass ein begehbarer Kleiderschrank von dem Raum abgeht, doch Belinda ist auch so schon beeindruckt genug. Vidal öffnet eine Balkontür und sie hören die Musik von draußen, er nickt zu einer Tür. »Da ist das Bad!« Belinda geht schnell hinein.

Sie muss sich jetzt zusammenreißen. Belinda ignoriert die Größe, den Whirlpool, die offene Dusche und die riesige Badewanne und geht zum Waschbecken, um ihr Gesicht zu kühlen. Das kalte Wasser beruhigt sie wieder etwas. Sie wird sich jetzt konzentrieren und zwar nur auf Vidal. Sie wird ihren Vater und all die Geschehnisse des heutigen Tages vergessen und verdammt noch mal umwerfend sexy sein. Vor ihr stehen einige Parfümflaschen und sie riecht daran.

Sie will Vidal, will ihn näher spüren, erfahren, wie weich dieser harte Mann sein kann, doch dafür muss sie jetzt alles andere um sich herum vergessen, besonders, dass sie so etwas normalerweise niemals tun würde.

Sie schließt einen Augenblick die Augen, atmet tief ein und sieht sich über den Spiegel selbst in die Augen. Sie wird jetzt da raus gehen und sexy sein, so sexy sein, dass Vidal sie niemals vergessen wird. Wild entschlossen streift sie sich den Rock vom Körper und zieht das Top aus, sie trägt darunter rote Unterwäsche. Sie hatte lange überlegt, doch Belinda denkt, dass jeder Mann auf rote Unterwäsche steht.

Als sie dann heraustritt, ist sie fest entschlossen, Vidal zu verführen, doch wieder stockt sie, als sie ihn erblickt. Er sitzt am Kopfende des riesigen Bettes und hat sein Handy in der Hand. Die Musik, die draußen gespielt wird, passt zu ihrem Auftritt.

Als Vidal sie erblickt, legt er das Handy weg und sieht sie an. Sie gibt sich selbst einen Ruck und bewegt sich auf ihn zu. Ihre Hüften schwingen im Takt der Musik und plötzlich fühlt sich Belinda wirklich sexy. Sie liebt den Blick, den Vidal ihr schenkt, er regt sich nicht, kein Stück, allein sein Blick ruht auf ihr.

Sie kniet sich zwischen seine geöffneten Beine genau vor ihn. Vidal sieht ihr in die Augen, seine Hand legt sich an ihre Wange und Belinda schließt die Augen, als er sich zu ihr beugt, sie will ihn endlich näher spüren. Doch seine Lippen berühren nur ihre Wangen, sein Geruch und seine Nähe lassen ihr Herz sofort schneller schlagen.

»Belinda, ich weiß nicht, ob ich schon jemals in meinem Leben eine Frau so sehr gewollt habe wie dich.« Er zieht sich etwas zurück, sieht ihr wieder in die Augen und streicht mit seinen Daumen über ihre Lippen. »Du weißt nicht mal, wie schön du bist.« Belinda schluckt, seine Stimme ist so rau und sexy, sein Gesicht wird nur von dem gedimmten Licht beleuchtet und sie verliert sich in seinen Augen.

»Ich kenne dich noch nicht so gut, Belinda, aber bevor wir hier weitergehen, will ich wissen, was passiert ist, dass es dir so schlecht geht. Und versuch mir nicht zu erzählen, dass es nicht so ist, ich sehe es in deinen Augen.« Belinda weicht etwas zurück, doch Vidal lässt ihr Gesicht nicht los. Sofort treten ihr wieder Tränen in die Augen und er lässt es nicht zu, dass sie diese versteckt.

»Nein, ich will nicht, es war … Ich will darüber nicht reden.« Sie atmet schwerer und ihre Brust hebt und senkt sich schneller. Vidal flucht leise und zieht sein Shirt aus. Als er es ihr überstreift, wird Belinda immer verwirrter. »Ich kann mich nicht konzentrieren, wenn du so verführerisch vor mir sitzt. Hör auf damit so zu tun, als ginge es dir gut, wo warst du heute und was ist passiert? Hat es etwas mit deinem Vater zu tun?«

Sofort wird etwas in Belinda freigetreten, am liebsten würde sie sich von Vidal wegdrehen, doch er sieht ihr fragend in die Augen und genau in diesem Moment passiert etwas zwischen ihnen, etwas, was Belinda nicht kennt, etwas, was sich gut anfühlt. Sie lässt los und die ersten Tränen verlassen ihre Augen.

»Ich habe ihn heute gefunden und er … ist ein Arschloch, er ist so … Weißt du, mein ganzes Leben lang habe ich mich nicht getraut, nach meinem Vater zu fragen, ich wollte meine Mutter nicht verletzen, nicht diesen Schmerz in ihren Augen sehen. Doch innerlich habe ich mir immer vorgestellt, wie er ist, wie er lebt, mich gefragt, ob er an mich denkt. Natürlich habe ich das nie zugegeben, doch ich habe mir tausendmal vorgestellt, wie ich ihn das erste Mal sehe, wie er mich stolz ansieht, wie glücklich er sein wird, seine Tochter zu sehen …« Belinda weint immer mehr, es kommt alles wieder hoch, sie wollte das so doch nicht.

»Doch es war so anders, ich habe sogar Brüder, vielleicht auch Schwestern, offenbar hat er nichts anbrennen lassen. Das Schlimmste es, er ist genau das, was ich mir vorgestellt habe, zumindest äußerlich. Noch jünger, stark, erfolgreich, ein Vorbild, ein Vater, den man gerne seinen Freundinnen vorstellt. Doch der Haken ist, dass es ihn nicht interessiert, ob ich seine Tochter bin. Vidal, er hat mich nicht einmal richtig angesehen. Er hat mir nur gesagt, ich soll einen Test machen und dann kann ich mich melden, falls ich seine Tochter bin und Geld haben möchte.

Er hat nicht mal nachgefragt, wer meine Mutter ist, wie alt ich bin, ja nicht mal nach meinem beschissenen Namen. Er hat mich nicht einmal angesehen …« Belinda wird immer lauter, ihre Tränen immer stärker und als Vidal sie unterbricht und sie in seine Arme zieht, ist sie ihm unendlich dankbar dafür.

Auch wenn sie schon viel deswegen geweint hat, kommt alles noch einmal hoch, diese bittere Enttäuschung. Vidal hält sie fest, sie weint und weint und immer wieder spürt sie, wie er sie fester hält.« Er ist wirklich ein Idiot, wenn er dich nicht beachtet, er kann dankbar sein, dass er so eine tolle Tochter hat.« Belinda schüttelt an seiner Brust den Kopf.

»Nein, eigentlich hätte ich damit rechnen müssen, dass er mich gar nicht weiter beachtet, ich ihm egal bin. Ich bin nichts Besonderes, Vidal, ich habe kein aufregendes Leben und kann nichts besonders gut, ich hätte es wissen müssen. Das Schlimmste ist, dass dieser Schmerz, den meine Mutter immer in den Augen hatte, als nur etwas über meinen Vater angedeutet wurde ... Diesen Schmerz spüre ich jetzt auch und jetzt verstehe ich, warum sie nie wollte, dass ich etwas über ihn erfahre.«

Es ist merkwürdig, sie kennen sich noch nicht lange, doch trotzdem liegt Belinda in Vidals Armen und lässt sich von ihm trösten. Sie weiß nicht, wann sie sich das letzte Mal so geborgen und wohl gefühlt hat. »Es tut mir leid, dass du so einen Arsch als Vater hast, aber vertrau mir, du bist etwas ganz Besonderes und er ist derjenige, der weinen sollte, dass er seine Tochter hat gehen lassen, ohne sie jemals kennengelernt zu haben.« Belinda spürt seine Lippen auf ihren Haaren und schließt die Augen.

Camilla sieht besorgt zu dem Haus, in dem Vidal und Belinda verschwunden sind. Ob sie wirklich weiß, was sie da tut? Ihre Freundin sah durcheinander und verstört aus, vielleicht sollte sie sie lieber da herausholen. Andererseits wusste sie genau was sie wollte und nur, weil sie selbst so sehr auf ihren Verstand und nicht auf ihr Herz hört, muss das nicht für alle gut sein.

»Hast du Hunger? Lass uns etwas essen.« Plötzlich steht Dante neben ihr, offenbar hat er den ersten Ansturm an Gratulanten hinter sich gebracht. Camilla sieht in sein Gesicht, er ist noch blasser als vorhin, etwas Schweiß ist auf seiner Stirn, er hat Schmerzen, doch er würde das sicherlich niemals vor ihr zugeben.

»Hast du Hunger?« Camilla sieht zum Grill. Sie hat gar nicht mitbekommen, dass daneben noch weitere Tische mit Essen aufgebaut wurden, zwei Köche stehen dort und füllen das Buffet immer wieder auf. »Ja, ich bin nicht wirklich zum Essen gekommen.« Camilla sieht ihm in die Augen und nimmt die Hand seines gesunden Arms. »Komm mit.« Sie bringt ihn in das Gemeinschaftshaus, in dessen Garten alle feiern. Dante setzt sich dankbar auf die riesige braune Couch mit den vielen beigefarbenen Kissen. Die Couch ist so tief, dass er fast liegt und er lehnt sich sofort entspannt zurück. Im Haus sind nur sehr wenige Leute, die meisten sind im Garten. Camilla lässt die Terrassentür offen, sodass sie von draußen alles mitbekommen und sieht zu Dante.

»Ich bringe dir Essen. Hast du irgendwo Medikamente, die du nehmen musst?« Dante schüttelt den Kopf und möchte aufstehen. »Nein, ich hole Essen, setzt du dich, ich ...« Camilla geht zum Kühlschrank. Sie holt eine Flasche kalte Cola und Wasser und zwei Gläser, gießt Dante schon ein und gibt ihm das Glas. »Ich komme gleich wieder. Du hast Schmerzen, Dante.« Sie weiß, dass eine Diskussion mit ihm nichts bringen würde. Dante ist ein sehr stolzer Mann, deswegen macht sie einfach weiter. Zum Glück trifft sie auf Benito, der ihr hilft. Zusammen stellen sie zwei Teller zusammen, die sie zu Dante bringt.

Als sie zurück ist, war er schon fast eingeschlafen. Camilla muss lächeln, als er förmlich aufspringt, nachdem er sie bemerkt, vielleicht will er es nicht riskieren, dass sie geht, weil er eigentlich Schlaf braucht. Sie gibt ihm den Teller und hilft ihm sich so hinzusetzen, dass er ohne Probleme essen kann, dann erst setzt sie sich neben ihn und isst auch etwas. Benito kommt herein und sieht nach, ob alles okay ist, er bringt noch etwas Nachtisch und bleibt bei ihnen, bis sie ihre Teller fast aufgegessen haben. Erst nachdem er gegangen ist, wendet sich Dante wieder an sie.

»Danke Camilla, mir bedeutet es viel, dass du hier bist. Ich dachte, du würdest sauer sein, weil ich mich nicht gemeldet habe.« Camilla legt ihren Teller weg. »Um ehrlich zu sein, war ich das auch, aber als ich dann gehört habe, was dir passiert ist ...« Dante hat nun auch aufgegessen und lehnt sich wieder entspannt zurück. Jetzt scheint es ihm wieder besser zu gehen, trotzdem wirkt er noch sehr müde.

Camilla stockt. Es wäre nicht gut zuzugeben, wie sehr sie diese Nachricht von Dantes ernsthafter Verletzung getroffen hat, dass es etwas in ihr ausgelöst hat, Gefühle freigerufen hat, von denen sie wusste, dass sie da sind, die sie aber bisher immer verdrängt hat.

»Ich habe etwas für dich. Es ist nur eine Kleinigkeit, aber vielleicht hilft es dir, mir hat es früher immer geholfen.« Sie kramt in ihrer Tasche und zieht den kleinen blauen Engel hervor, den sie selbst aus Fäden hergestellt hat. Dante hebt die kleine Figur vorsichtig mit seinen Fingern hoch und lächelt. Seine Hände sind viel zu groß für die kleine Figur. »Hast du das selbst gemacht?«

Camilla zeigt auf die Schlaufe und nickt. »Ja, das habe ich von meiner Mutter, sie hat uns früher diese Engel gemacht und sie segnen lassen und die haben wirklich immer auf uns aufgepasst. Du kannst ihn an deinen Schlüsselbund machen, ich habe ihn gestern in der Kathedrale segnen lassen, ich hoffe, er wird dich beschützen ... Aber na ja, du musst es nicht machen, natürlich nur, wenn du es möchtest.«

Dante kramt in seiner Jogginghose, zieht ein Bund mit einigen Schlüsseln heraus und macht den Engel daran fest. »Das

Geschenk bedeutet mir viel, ich werde ihn immer bei mir tragen. Es bedeutet mir auch viel, dass du dir Gedanken um mich machst und dir solche Mühe gibst.« Camilla würde ihm jetzt am liebsten sagen, dass all das nicht wichtig ist, würde alles wieder herunterspielen, doch sie kann es nicht, nicht mehr und sieht ihm einfach nur weiter in die Augen, als sich seine Hand an ihre Wange legt.

Seine Stimme wird immer leiser, als sich ihre Gesichter annähern. »Als ich angeschossen wurde, habe ich an dich gedacht. Ich weiß, dass es dir nicht gefällt, doch ich kann einfach nicht so tun, als würdest du mir nicht bereits schon sehr viel bedeuten, Camilla.«

Dante küsst sie und in Camilla beginnt sich ein Gefühlsstrudel zu bilden, der sie immer tiefer in den Kuss hineingleiten lässt. Ihre Hand legt sich auf seine Schulter und sie rückt näher an ihn heran. Dantes Hand gleitet an ihren Rücken, er zieht sie noch enger an sich. Als sie sich kurz lösen, küsst Camilla seine Wange, Dante lehnt sich noch mehr zurück und zieht sie mit sich.

Camilla hat sich so lange gegen diese Gefühle gewehrt, dass sie jetzt so heftig freigesetzt werden, dass ihr Herz viel zu schnell schlägt, als Dante sie erneut küsst und der Kuss dieses Mal fordernder wird. »Ich bin verrückt nach dir, Camilla, lass mich endlich an deinem Leben teilhaben.«

Dante löst sich kurz, küsst ihre Wangen und seine Hand fährt ihre Beine entlang und an ihren Po. Dann ist sie im Hier und Jetzt wieder angekommen und fällt von der Wolke sieben auf den harten Boden der Realität zurück. »Ich kann nicht, Dante.«

Sie will sich von ihm losmachen, doch er lässt es nicht zu und hält sie weiter fest und küsst ihre Stirn. »Warum nicht, erkläre es mir endlich, Camilla. Ich habe nicht das Gefühl, dass du nicht willst. Woran liegt es wirklich?« Camilla gibt nach und lehnt ihren Kopf an seine gesunde Schulter, während er über ihre

Locken streicht. »Ich möchte, Dante, ich kann nur nicht und das aus zwei Gründen. Es ist aber nichts, was du verstehen oder was du nachvollziehen kannst. Ich bin nicht in der Lage, mit dir eine Beziehung zu führen, wie du es vielleicht möchtest, oder kennst.«

Dante verschränkt ihre Finger miteinander. »Wir finden für alles eine Lösung. Sag mir, was es ist.« Camilla schließt die Augen, er wird es nicht verstehen können. »Ich bin in einem kleinen Dorf groß geworden. Meine Eltern leben sehr streng und haben uns auch so erzogen, wir haben ganz andere Werte mit auf den Weg bekommen als andere. Ich bin dort in Watte gepackt worden und musste ausbrechen, um mein eigenes Leben leben zu können.

Ich habe meine Familie verloren. Sie werden mir das niemals verzeihen und ich will gar nicht wissen, was sie sich denken, was ich jetzt für ein Leben führe. Für sie bin ich gestorben, doch auch wenn ich dieses Leben gewählt habe, hier lebe und studiere, habe ich die Werte, die sie mir mitgegeben haben, nicht vergessen.

Ich möchte nur mit meinem Ehemann schlafen, Dante und werde daher nicht in der Lage sein, eine Beziehung zu führen, wie du sie kennst. Ich habe noch nie einen Mann so nah an mich herangelassen wie dich und es ist auch nicht gut. Ich möchte all das für meinen Ehemann aufheben. Ich weiß, dass du das sicherlich nicht verstehst, aber ich bin so erzogen worden und alles andere fühlt sich falsch an ...«

Camilla kann es nicht weiter erklären. Niemand, der nicht so erzogen wurde, wird das verstehen können und sie hat gespürt, wie Dante sich sofort versteift hat. Wie soll genau jemand wie er diese Einstellung verstehen?

Dante setzt dreimal an, etwas zu sagen, doch es fehlen ihm in diesem Moment die Worte. Es scheint in seinem Kopf auf

Hochtouren zu arbeiten. Er lässt sie zwar nicht los, doch das wird er, das weiß Camilla. Er ist kein Mann, der so etwas auf Dauer akzeptieren kann und das versteht Camilla vollkommen. Zudem kann er nicht einmal mit der ersten Sache zurechtkommen und weiß noch nicht einmal von der zweiten.

Während Dante schweigend vor sich hin grübelt, schließt Camilla beruhigt die Augen. Sie weiß, dass sie ihm wahrscheinlich nie wieder so nah kommen wird und möchte diese letzte Zeit genießen. »Wir werden also nie weiter als das gehen können? Du willst Jungfrau bleiben?« Dantes Stimme ist total ungläubig, er hat wohl mit allem gerechnet, aber nicht damit.

Camilla nickt einfach nur, er wird das niemals verstehen oder akzeptieren können, davon ist sie überzeugt, doch es ist auch befreiend, dass er wenigstens einen der Punkte kennt, der sie die ganze Zeit von ihm fernhält.

Belinda öffnet ihre Augen und schließt sie sofort wieder. Was für ein beschissener Tag war das gestern bloß? Ihr Kopf dröhnt. Erst das gleichmäßige Atmen und der verführerische Duft von Vidal lässt sie ihre Augen doch wieder ganz schnell öffnen. Sie liegt in seinen Armen, ihr Kopf ruht auf seiner Brust. Belinda setzt sich erschrocken auf und sofort straft ihr Kopf sie für diese übereilte Handlung.

»Guten Morgen, geht es dir besser?« Nun hat sie auch Vidal geweckt. Belinda dreht sich wieder zu ihm um und muss sich ein Lächeln verkneifen. Er sieht zum Anbeißen aus, so verschlafen, aber seine Augen trotzdem schon wachsam auf sie gerichtet.

Langsam kommen ihr alle Erinnerungen an gestern wieder hoch und sie sieht an sich herunter. Sie trägt noch immer Vidals Shirt und wird immer enttäuschter. »Ja, es geht besser, aber nichts gelingt mir. Ich wollte gestern Abend einfach nur sexy sein und … heule mich die ganze Nacht bei dir aus.« Vidal lacht leise und sieht an ihr herunter, seine Hand legt sich auf ihre nackten Waden und Belinda sieht auf den Kontrast zwischen ihren Hauttönen.

»Ich glaube, ich habe noch nie eine Frau so sexy gefunden wie dich gerade.« Belinda legt den Kopf schief und die Enttäuschung über gestern verfliegt wieder. Vidal schafft es immer wieder sie aufzuheitern. Er umfasst ihre Taille und sie rückt so nah zu ihm, dass sich ihre Lippen das erste Mal fast berühren.

»Ich habe noch nie mit einer Frau so lange in einem Bett verbracht, ohne das etwas zwischen uns passiert ist, du bist meine Premiere.« Belinda lacht und sieht ihm in die Augen. Als Vidal dann das erste Mal zärtlich ihre Lippen vereint, spürt Belinda das in ihrem ganzen Körper. Sie berühren sich nur ganz kurz und entfernen sich wieder. Aber als sie sich dann in die Augen sehen, bildet sich Belinda ein, Vidal müsse auch spüren, dass das zwischen ihnen etwas ganz Besonderes ist.

Seine Hand legt sich an ihre Wange und sie küssen sich erneut. Belinda bekommt eine Gänsehaut, als Vidal ihren Kuss vertieft und sie dabei zärtlich auf den Rücken legt und sich über sie. Sie hat sich immer gefragt, wie zärtlich dieser harte Mann sein kann, doch jetzt kann sie seine Sanftheit überall auf ihrer Haut spüren. Seine Lippen liebkosen ihre, seine Hand schiebt ihr Shirt hoch, er streicht über ihren Bauch, Belinda genießt seine Nähe, doch genau in diesem Moment ertönt ein derart lauter Schrei, dass sie beide auseinander fahren und Vidal sofort auf den Beinen ist.

»Das war Camilla!« Vidal flucht, er trägt noch seine Jeans und nimmt von seinem Sideboard eine Waffe. Belinda steht zittrig auf, sie hat sofort Camillas Schrei erkannt. Sie will aufstehen und aus dem Balkon sehen, doch Vidal sieht zu ihr. »Bleib hier, hörst du?« Belinda schüttelt den Kopf, sie spürt selbst, wie sie zittert. »Nein, ich muss wissen, was los ist. Was ist, wenn du weggehst und jemand kommt her? Ich ….« Belinda war noch nie in solch einer Situation, noch nie hat sie so eine Angst ihren Nacken hochkriechen gespürt.

Vidal sieht sie an und flucht leise. »Okay, komm her und bleib bei mir.« Er nimmt ihre Hand, dann wendet er sich noch einmal zu ihr um, bevor sie das Zimmer verlassen. »Ich habe dir doch gesagt, dass dir mit mir nie etwas passieren wird, du brauchst keine Angst zu haben.« Belinda nickt und doch zittert sie. Er muss das spüren und küsst sie noch einmal auf den Mund, bevor sie schnell aus dem Haus nach unten gehen.

Vidal steht die ganze Zeit schützend vor ihr und lässt ihre Hand nicht los, im selben Moment, als sie das Haus verlassen, kommt auch Dante aus einem der Häuser und ruft nach Camilla. »Wo ist sie?« Dante und Vidal sehen sich um, dann erst sehen sie ihr weißes Kleid in einer kleinen Nische zwischen den Häusern. Sie rennen zu der Stelle, wo Camilla steht, die sich in diesen Moment zu ihnen umblickt. Sie ist kreidebleich.

Belinda will zu ihr, stockt aber, als sie sieht, worauf Camilla die ganze Zeit gestarrt hat. Vor ihr liegt ein Mann, er blutet aus vielen Wunden, er muss mit einem Messer abgestochen worden sein, man sieht auch, dass er gewürgt wurde.

Camilla zeigt in eine Richtung. »Der Mann ist da lang gerannt.« Mittlerweile haben sich mehrere Männer eingefunden und Vidal flucht. »Du hast ihn noch gesehen? Dante, bleib bei ihnen, wir schnappen uns den Bastard.« Vidal lässt ihre Hand los und die Männer laufen los. Dante will zu Camilla treten, doch genau wie Belinda starrt sie geschockt auf den Mann vor ihnen, bis jemand ein Tuch über dessen Körper legt.

Belinda sieht gerade noch, dass seine Hand fehlt und wendet sich ab. Sie hält Camilla ihre Hand hin. Endlich ergreift sie diese und beginnt zu weinen. Belinda zieht ihre Freundin in ihre Arme. »Was hast du hier gemacht?«

Dante geht zu dem Mann und sieht nach, ob er noch zu retten ist, dann schließt er ihm die Augen und bekreuzigt sich. »Ich bin wachgeworden und wollte nach Belinda schauen, also bin ich zum Haus von Vidal. Doch dann habe ich diese komischen Geräusche gehört und bin hier rein, da habe ich gesehen, wie der Mann ihn so zugerichtet hat.

Mein Schrei hat ihn verschreckt und er ist abgehauen, aber ich habe gesehen, dass er vorher noch gezögert hat, überlegt hat, ob er mir etwas antun soll, ich habe es in seinen Augen gesehen, doch dann ist er weggerannt.«

»Weil du ihn gesehen hast. Er weiß natürlich, dass du jetzt sein Gesicht kennst und für ihn und seine Familia eine Gefahr sein wirst. Dahinter steckt irgendeine andere Familia. Sie müssen sich hier heute morgen reingeschlichen haben.«

Camilla und Belinda sehen zu einem anderen Mann, der jetzt zu ihnen tritt. »Wer ist das?« Dante steht wieder auf und schüttelt den Kopf. »Das ist Artur, einer unserer wichtigsten Männer in Amerika. Er war nur wegen meinem Geburtstag hier. Wer immer das war, er wusste genau, dass er uns damit um Monate mit unseren Geschäften zurückwirft und einen unserer ältesten Freunde tötet.«

Camilla hat eine ganz zitterige Stimme. »Ich habe den Mann schon mal gesehen, er war schon mal in unserem Café.« Dante flucht. »Hat er dich auch erkannt?« Camilla zuckt die Schultern.

»Ich weiß es nicht … ich … das, genau das ist der zweite Punkt, Dante. Ich will mit dieser Welt nichts zu tun haben. Ich stehe auf und finde eine Leiche. Das ist eine Welt, in der ich niemals leben möchte.«

Belinda erkennt, wie sehr Camillas Worte Dante treffen, doch sie versteht ihre Freundin jetzt immer mehr, versteht, wieso sie die Gefühle zu Dante nicht zulassen möchte.

Belinda versteht langsam immer mehr ...

Kapitel 13

»Du bist ein Schatz, ich wüsste nicht, was ich ohne dich tun soll.« Belinda zwinkert Pablo zu. »Das ist doch selbstverständlich. Camilla geht es aber schon besser, morgen ist sie wieder da.« Belinda hofft es zumindest. Als sie gestern Abend bei ihr war, stand sie noch immer ziemlich neben sich. Die Geburtstagsfeier von Dante ist jetzt drei Tage her, auch für Belinda war es ein Schock. Doch im Gegensatz zu Camilla hat sie die Leiche nur kurz gesehen und nicht ständig diese schrecklichen Bilder wie sie vor Augen.

Alle Männer haben sich nach diesen Ereignissen auf die Suche nach dem Mörder von Artur gemacht. Erst da hat Belinda gemerkt, wie betroffen sie alle sind, wütend und betroffen, Artur hat ihnen allen viel bedeutet. Vidal hat Camilla und Belinda nach Hause fahren lassen. Gestern hat Dante im Café angerufen und wollte Camilla sprechen, er kennt ihre Handynummer nicht, doch Camilla hat sich seitdem krank gemeldet und erholt sich zu Hause erst einmal von diesem Schreck. Belinda und Pablo schmeißen den Betrieb des Cafés jetzt allein, wofür Pablo ihr sehr dankbar ist.

Nach Dante kam auch Vidal ans Telefon. Sie haben nur kurz gesprochen, doch sie hat gespürt, dass ihn Arturs Tod tief getroffen hat. Heute ist die Beerdigung und müsste sie hier nicht aushelfen, wäre sie hingegangen. Camilla hat Belinda gestern erzählt, dass sie Dante ihren festen Entschluss mitgeteilt habe, jungfräulich in die Ehe gehen zu wollen und sie deswegen keine normale Beziehung führen kann. Zudem möchte sie keinen Mann an ihrer Seite, bei dem sie am Morgen als erstes einen Mord beobachtet.

Belinda weiß nicht, was sie davon halten soll, sie versteht Camilla, doch sie sieht ja auch, dass Dante ihr doch schon längst nicht mehr gleichgültig ist.

Allerdings hat Camilla ihr auch gesagt, dass sich Dante dazu nicht geäußert hat. Er hat nichts mehr zu ihr gesagt, nachdem er von ihrer Einstellung zum Thema Sex und der Ehe erfahren hat. Als Camilla sie danach gefragt hat, ob sie sich vorstellen könne, dass irgendein Mann das mitmacht, mit jemandem zusammen zu sein, ohne dass es eine sexuelle Beziehung gibt, musste Belinda zugeben, dass sie es für eher unwahrscheinlich hält, dass ein Mann dies über einen langen Zeitraum mitmacht.

Trotzdem glaubt Belinda nicht, dass zwischen den beiden das letzte Wort gesprochen ist. Die beiden müssen sich erst einmal beruhigen, dann werden sie sicherlich für alles eine Lösung finden. Natürlich weiß Belinda auch nicht, ob sie jemals mit Vidal eine Beziehung führen, noch tiefer in sein Leben eintauchen könnte, da versteht sie Camilla. Für einen kurzen Augenblick ist es schon erschreckend, aber auch spannend und aufregend, doch Arturs Tod hat ihr gezeigt, dass es eben auch diese Seite gibt und sie kann sich auch nicht vorstellen, das näher an sich heranzulassen.

Vidal hat kurz mit ihr am Telefon geredet, aber auch nicht erwähnt, ob sie sich noch einmal sehen. Sie mag ihn, sie fühlt sich wohl, wenn sie zusammen sind, sie denkt ständig an ihren Kuss und seine Nähe. Wenn sie hier leben würde, wäre sie sicherlich gerade dabei, sich in ihn zu verlieben, doch da sie nicht mehr lange hier bleibt, lässt sie all das nicht an sich heran, nichts von all dem. Jedes Mal wenn ihr etwas zu nah geht oder sie berührt, mahnt sie sich gedanklich selbst, dass sie bald wieder weg ist.

Belinda stapelt die Stühle übereinander und sieht zum Himmel. Er ist grau und der Wind wird stärker, es braut sich ein Sturm zusammen über Puerto Rico. Belinda hat das ungute Gefühl, dass es nicht nur das Wetter betrifft und noch einiges hier passieren wird. Sie hat die wütenden Gesichter der Männer gesehen, überall ist eine merkwürdige Anspannung zu spüren, vielleicht bildet sie sich das auch nur ein, doch ihr kommt es so vor, als könnte der Sturm hier so einiges aufwirbeln.

»Brauchst du das noch?« Pablo will den Laptop an der Theke schließen, Belinda schüttelt den Kopf. »Nein, ich gehe direkt ins Reisebüro, das ist mir online zu kompliziert.« Pablo hält ein. »Sag nicht, du willst schon wieder weg.« Belinda lächelt matt. »Doch, was ich hier … gesucht habe, habe ich gefunden. Ich muss zurück in mein echtes Leben.« Auch wenn es nicht viel gibt, zu dem es sich zurückzukehren lohnt.

Pablo schließt den Laptop. »Wozu die Eile? Das kannst du mir nicht antun, die nächste Zeit wird hier die Hölle los sein. Die Saison beginnt doch gerade erst, warte doch noch zwei, drei Wochen, bis das Schlimmste vorbei ist, dann kannst du immer noch nach Hause. Komm schon, du kannst Camilla und mich nicht hängen lassen.«

Belinda sieht ihren eigenwilligen Chef an. Gestern musste sie sich auch von Camilla anhören, dass sie noch etwas bleiben solle. April hat sie jeden Tag alles erzählt, nur nicht von dem Mord an Artur, so etwas kann man nicht eben mal so am Telefon erwähnen, das muss sie machen, wenn sie zurück ist. April vermisst sie und sie ihre beste Freundin auch, doch Belinda weiß, dass April es versteht, wenn sie noch etwas länger bleibt.

Allerdings verstärkt allein der Gedanke an ihren Vater ihre Fluchtwillen, so weit wie es nur geht weg aus Puerto Rico. Deswegen ist sie noch so hin- und hergerissen, was sie jetzt tun soll, ob sie noch einige Tage länger bleiben oder so schnell wie möglich hier weg soll.

»Ich überlege es mir, okay? Ich muss eh erst einmal gucken, wann die nächsten Flüge ...«

»Belinda!« Sie dreht sich um und entdeckt Oro, der sie für seinen Katalog als Model gebucht hat. »Bist du fertig hier? Ich habe eine Überraschung für dich und wollte es dir persönlich zeigen, wir müssen uns aber beeilen.« Pablo deutet Belinda an, dass sie gehen kann und sie verabschiedet sich.

Danach fährt sie mit Oro zusammen zu einem großen Kreisverkehr, den man passieren muss, um in San Juan einzufahren. Dort hängt ein riesiges elektronisches Werbeplakat, auf dem eine Sorte Orangensaft angepriesen wird. »Gleich ist es soweit.« Oro hält und zeigt zur Werbetafel, eine Minute später wechselt das Bild und Belinda wird gezeigt.

»Oh nein.« Belinda muss lachen, es ist unwirklich, sich so zu sehen, auch wenn das Bild schön und sexy ist. Ist das wirklich sie? Es ist das Foto, wo sie das silberne Kleid anhat, sie hat ihre Finger im Sand vergraben, im Hintergrund das Meer. Ihre Augen funkeln sehr intensiv, es sieht umwerfend aus, sexy, aber nicht billig. »Wow.« Oro blickt auch zum Plakat hoch. Als Schriftzug steht darauf 'Erlebt Puerto Ricos Schönheit' und der Name der Boutiquen.

»Ich wusste, dass es eine gute Entscheidung ist, dich zu nehmen, du passt perfekt. Die Plakate hängen bereits in allen größeren Städten Puerto Ricos aus.« Belinda kann es nicht glauben. Sie bleibt noch eine Weile mit Oro dort sitzen und sieht sich das Plakat an.

Sie ist darauf abgebildet und doch eine komplett andere Frau. Die Frau auf dem Plakat wirkt selbstbewusst, sexy, erfolgreich, weiß was sie will. Je mehr sie es sich ansieht und in sich geht, desto deutlicher spürt sie, dass sie das genau Gegenteil ist. Sie ist unsicher, einsam und traurig, bis in die Knochen enttäuscht und nicht einmal in der Lage darüber zu sprechen.

Sie brauchte nie einen Vater, wieso kann sie jetzt nicht einfach darüber stehen? Wieso trifft sie das so sehr? Vielleicht weil es das Einzige war, woran sie sich geklammert hat nach dem Tod ihrer Mutter und nun hat sie diese Hoffnung, noch irgend jemanden zu haben, den sie als Familie bezeichnen könnte, komplett verloren.

Oro fährt sie zum Hotel. Als Belinda aussteigt, fällt ihr sofort ein nagelneuer schwarzer Maybach auf, der genau vor dem Hotel parkt. Belinda verabschiedet sich und will ins Hotel, da steigt jemand aus dem Auto aus und seine Stimme lässt sie stocken.

»Belinda!«

Sie fährt herum und sieht in die Augen ihres Vaters. »Woher kennst du plötzlich meinen Namen?« Ihr Vater kommt auf sie zu, er trägt einen Anzug ohne Krawatte, das Hemd ist oben offen, doch trotzdem verfehlt es seine Wirkung nicht. »Roman hat ihn mir genannt und auch das Hotel, in dem du wohnst.« Belinda schüttelt abfällig den Kopf. »Stimmt, zumindest hat mir einer zugehört.«

Ihr Vater sieht ihr in die Augen. »Es tut mir leid, ich hatte an dem Tag viel zu tun und wie ich es dir schon gesagt hatte, gab es einige Frauen, die versucht haben mir Kinder unterzuschieben. Ich habe erst als du weg warst auf den Bildern gesehen, wer deine Mutter ist und das ändert alles.« Belinda sieht, dass sich etwas in Ramiros Gesicht verändert, als er von ihrer Mutter redet. »Ich habe sofort einen Test veranlassen lassen ...«

Belinda hebt die Hand. »Warte mal, wie hast du einen Test machen lassen?« Er lehnt sich gegen sein Auto, Belinda ist einfach nur noch wütend. Als sie ihn jetzt ansieht, kann sie sich gut vorstellen, dass ihre Mutter sich damals in ihn verliebt hat, auch jetzt ist er noch ein sehr hübscher Mann und sie erkennt immer mehr von sich in ihm. »Von deinem Glas, das ist kein Problem gewesen, du bist meine Tochter, da besteht kein Zweifel.«

Belinda schüttelt den Kopf. »Du kannst doch nicht einfach ohne meine Erlaubnis diesen Test durchführen. Vielleicht hättest du auch nur einmal genauer hinsehen müssen, um das zu erkennen.« Ramiro nickt. »Du hast vollkommen recht, du hast viel von mir, aber auch einiges von deiner Mutter …« Belinda blickt an ihm vorbei, sie ist zu enttäuscht von alledem. Und das Letzte was sie möchte, ist, dass er bemerkt, wie sehr sie das alles verletzt.

»Die ja offenbar nur eine von vielen war. Ich wusste, dass es keine gute Idee ist herzukommen, um zu erfahren, ob ich irgendwo noch Familie habe, dass die Idee so schlecht ist, hatte ich aber auch nicht erwartet.«

Ihr Vater sieht sie einen Augenblick lang an, dann lächelt er mild. »Wenn du wütend bist, erinnerst du mich an deine Mutter. Ich weiß, dass wir keinen guten Start hatten, Belinda, doch ich versichere dir, dass deine Mutter niemals nur eine von vielen war. Ich habe sie über alles geliebt und ich werde sie immer über alles lieben. Du bist in Liebe entstanden. Ich wusste nicht, dass es dich gibt, ich habe deine Mutter überall gesucht, ich habe nicht geahnt, dass du auf der Welt bist, doch endlich habe ich eine Antwort, warum sie mich verlassen hat.«

Belinda kann das nicht, sie kann jetzt nicht über ihre Mutter sprechen, sie wollte diese Antworten, doch nicht jetzt und nicht so. »Sie ist tot, ich habe niemanden mehr, niemanden. Ich habe diese Bilder gefunden und einen angefangenen Brief und mich auf die Suche gemacht und als ich dich und … deine Söhne getroffen habe, hast du mich behandelt wie ein … geldgieriges Monster.

Ich will das nicht, ich will dein Geld nicht und alles andere auch nicht. Ich bin bald wieder weg und lasse all das hinter mir, wie meine Mutter das auch schon getan hat. Sie wird schon ihre Gründe gehabt haben, wieso sie nicht wollte, dass ich weiß, wer mein Vater ist.«

Ramiro stößt sich etwas von seinem Auto ab, als er sieht, dass Belinda gehen möchte. »Belinda, warte, du hast recht, es tut mir leid, ich schwöre dir, dass deine Mutter alles für mich war und dass du etwas ganz Besonderes für mich bist. Ich wusste nichts von dir, doch jetzt hat sich alles geändert. Mir ist klar, dass du all das nicht verstehen kannst und ich sehe auch, dass dir das jetzt zu viel wird aber ...« Er schreibt etwas auf ein Blatt Papier, dass er aus dem geöffneten Fenster des Autos holt.

»Hier ist meine Nummer, ich hoffe wirklich, dass du dich meldest, wenn du dich etwas beruhigt hast. Ich werde dir alles erzählen, alles, ich bin mir sicher, dass du vieles verstehen wirst, wenn du mir erst einmal zugehört hast. Du hast drei Brüder, einige Cousins und eine Cousine, denen ich gleich von dir erzählen werde. Wir sind keine einfache Familie, doch du gehörst zu uns. Ich hoffe, ich bekomme die Chance, dir alles zu erklären, ich möchte selbst alles von dir und deiner Mutter erfahren, doch ich gebe dir jetzt die Zeit darüber nachzudenken, bitte tue mir den Gefallen und lass mich dir alles erklären, bevor du Puerto Rico verlässt.«

Belinda und er sehen sich in die Augen, sie haben die selbe Augenform, nur sie hat eine hellere Augenfarbe. Sie versucht zu erkennen, ob er seine Worte ernst meint, doch sie durchschaut ihn nicht, sein Gesicht wirkt hart. Er muss schon einiges mitgemacht haben, doch irgendetwas in seinen Augen lässt sie zögern und nicht sofort klarmachen, dass sie nichts mit ihm zu tun haben will. Sie verschränkt die Arme und wendet sich langsam ab. »Okay, ich werde darüber nachdenken.« Sie geht zum Eingang des Hotels und hört, wie er die Autotür öffnet, doch dann hält er noch einmal ein.

»Ich bin sehr stolz, so eine mutige und hübsche Tochter zu haben, auch wenn es für dich vielleicht gerade nicht so aussieht. Es war richtig, nach mir zu suchen und ich möchte jetzt für dich da sein, wenn du mich lässt. Weißt du eigentlich, warum du Belinda heißt?«

Belinda stockt und schluckt schwer ihre Tränen herunter. Sie bleibt stehen ohne sich umzudrehen. »Als ich deine Mutter damals kennengelernt habe, war das ihr Lieblingsrestaurant, dort habe ich ihr einen Antrag gemacht, den sie angenommen hat, so einiges ist dort passiert. Es wurde vor einigen Jahren geschlossen, aber du kannst es noch erkennen, es ist nur einige Straßen von hier entfernt in der Calle de San Domingo.«

Sie hört, wie sich die Autotür schließt und geht ins Hotel, wartet einen Augenblick und tritt dann zurück auf die Straße. Dieses Mal fühlt sich alles ganz anders an. Kann sie ihm glauben, dass er es ernst meint? Sie fragt in dem kleinen Eckladen nach dem Weg und ist wirklich in ein paar Minuten in der Calle de San Domingo.

Es ist eine kleine, ruhige Straße und ganz am Ende sieht sie ein sehr heruntergekommenes Haus, in dem unten ein ausgeräumtes Geschäft ist. Es könnte mit viel Fantasie mal ein Restaurant gewesen sein. Auch wenn im Laden nichts mehr zu erkennen ist, sieht man bis heute noch die Leuchtbuchstaben, die das Restaurant sicher mal geschmückt haben. 'Belinda'.

Belinda setzt sich gegenüber auf den Bürgersteig und sieht zu dem Laden hinüber. Ihr Vater hat ihrer Mutter einen Antrag gemacht und sie hat ihn angenommen? Waren sie nur verlobt oder sogar verheiratet. Wieso sagt er, dass er sie immer geliebt hat? Wozu dann diese Trennung? Wieso hat ihre Mutter alles so versteckt gehalten, wenn ihr Vater sie sogar gesucht hat?

Er hätte sich doch vielleicht über Belinda gefreut. Sie atmet tief ein und macht mit ihrem Handy ein Foto von dem Namenszug des Restaurants und schickt es April.

'So langsam bekomme ich meine Geschichte'

Sie speichert die Nummer ihres Vaters ein, noch immer ist sie sich unsicher, ob sie ihn noch einmal treffen soll oder nicht. Auf dem Rückweg kommt sie an einer Druckerei vorbei und lässt sich das Foto von dem Schriftzug auf ein langes Bild drucken, das sie sich neben ihr Bett hängt. Sicherlich wird das niemand wirklich nachvollziehen können, doch für sie bedeutet es viel, allein die Tatsache, mehr über die Herkunft ihres Namens zu erfahren.

Ihr ganzes Leben lang hat sie sich nach Antworten gesehnt und es fühlt sich himmlisch an, die Ersten zu bekommen.

Am nächsten Morgen macht sich Belinda früher auf den Weg zum Hafen um Pablo zu helfen, alles fertig zu machen. Sie öffnen etwas früher, doch es ist nicht viel los. Als dann nach einiger Zeit mehrere schwarze Geländewagen in der Nähe des Cafés halten, lehnt sich Belinda neugierig an das Geländer und beobachtet, wie die Scheibe des ersten Autos herunterfährt. Sie lächelt, als Vidal zu ihr sieht und sie zu sich winkt. Er sitzt hinten. Die Männer vorn im Wagen und die aus den anderen Autos steigen aus und gehen zu einem Container, der gerade abgeladen wird, nur Vidal bleibt sitzen.

»Ich mache kurz Pause, Pablo, bin gleich wieder da.« Pablo steht schon neben ihr, auch er langweilt sich, da noch nichts los ist. »Bist du jetzt Vidals Freundin? Da muss man ja richtig vorsichtig sein, nicht dass er etwas falsch versteht.« Belinda lacht und legt die Schürze ab. »Ich bin nicht seine Freundin, wir verstehen uns gut, das ist alles.« Pablo zwinkert ihr zu. »Mit diesem Satz haben die gefährlichsten Liebesbeziehungen angefangen.«

Belinda schüttelt nur leicht den Kopf und geht auf den Wagen zu. Als Vidal das bemerkt, lässt er das Fenster wieder hochfahren. Durch die getönten Scheiben kann Belinda nichts erkennen im Wagen, da er aber sitzen bleibt, geht Belinda davon aus, dass sie zu ihm ins Auto kommen soll.

Seit der Feier von Dante und dem schrecklichen Morgen haben sie sich nicht mehr gesehen, doch nicht alles daran war schrecklich. Sie haben eingekuschelt die Nacht zusammen verbracht. Ihr Kuss am nächsten Morgen war so schön, dass ihr Bauch allein beim Gedanken daran kribbelt. Sie haben kurz miteinander geredet am Telefon, doch offenbar hatten sie nach dem Tod von Artur so viel um die Ohren, dass er sicherlich anderes zu tun hatte, als an sie zu denken.

Belinda bereut, dass sie heute nur eine schwarze Leggins und ein schwarzes Top anhat und dazu einfache Flip Flops. Sie muss ihre Wäsche wieder waschen gehen, denn sie hatte nicht damit gerechnet, Vidal heute zu sehen, ihre Haare hat sie nur zu einem unordentlichen Knoten am Kopf zusammengebunden.

Sie braucht die hintere Autotür nicht zu öffnen, sobald sie in die Nähe kommt, wird sie aufgemacht. Belinda steigt ein, nur Vidal sitzt hinten drin, sie sind allein im Auto. »Hallo.« Belinda schließt die Tür, nachdem sie im Wagen ist und setzt sich neben Vidal, der die Sonnenbrille abnimmt.

»Wenn das nicht Puerto Ricos Schönheit ist.« Belinda spürt sofort, wie ihr die Röte ins Gesicht fährt. »Oh nein, du hast es gesehen.« Sie hält sich verschämt die Hände vor die Augen und Vidal beginnt zu lachen. Seine Hände umfassen ihre Taille und er zieht Belinda auf seinen Schoß, sodass sie ihn ansehen kann.

»Ich glaube, es gibt niemanden, der es nicht gesehen hat, die Plakate hängen in ganz Puerto Rico aus. Ich musste heute zwar zwei Cousins von mir zurechtweisen, als sie erklärt haben, was sie alles gerne mit dir anstellen würden, aber das ist schon in

Ordnung, es wird nicht lange dauern und die Leute kapieren, dass nur ich ...« Er stockt, so als wären seine Worte zu schnell aus ihm herausgekommen, als dass sein Verstand das hätte überprüfen können. Belinda denkt an die Nähe, die sie bereits geteilt haben und wie gut es sich angefühlt hat. Ihre Hände legen sich um seinen Nacken und sie sieht ihn fragend an.

»Dass nur du was ...?« Vidal lächelt nicht, er sieht ihr ernst in die Augen und Belindas Magen beginnt wieder zu rumoren. Ist sie dabei, sich in Vidal zu verlieben? Er antwortet nicht, doch dann küsst er sie, genauso süß und zärtlich wie an dem Morgen und Belinda rückt näher auf seinen Schoß zu ihm. Sie spürt seine Hand an ihrem Rücken, doch nicht fordernd, er ist einfach nur zärtlich, als hätte auch er diese Nähe irgendwie vermisst.

Belinda und Vidal lösen den Kuss lange nicht, sie sind allein, keiner stört sie, nur die leise Musik aus dem Autoradio ist zu hören. Als sie sich dann lösen, bleibt Belinda aber auf seinem Schoß sitzen und Vidals Hände an ihren Hüften. »Hi.« Vidal lächelt und küsst ihre Wange. »Hi.« Belinda streicht über die dunklen Augenringe unter seinen Augen. »Geht es dir gut? Du siehst aus, als hättest du nicht sehr gut geschlafen.«

Belinda liebt es, ihm in seine dunklen Augen zu sehen und bricht den Augenkontakt nicht ab. »Es geht bei uns auch gerade drunter und drüber. Dante muss mit Camilla sprechen und versuchen herauszubekommen, wer das war, wir versuchen gerade eine Datei mit Bildern zu erstellen, mit Leuten, die in Frage kommen.

Es ist bekannt, dass wir nach der Person und der anderen Familia suchen, die dafür verantwortlich ist und seitdem stehen die Telefone nicht mehr still. Die Leute rufen an, um ihr Beileid auszudrücken und uns zu versichern, dass sie damit nichts zu tun haben. Gestern war die Beerdigung für die Familia, in einigen Tagen kommen sich alle Familias verabschieden, Freunde und Feinde, wie es in unseren Abkommen vereinbart ist. Bis dahin sollten wir wissen, wer es war ...« Er unterbricht den Augenkontakt zwischen ihnen und Belinda konnte eine Sekunde den Schmerz in seinen Augen erkennen.

»Es tut mir so leid, dass ihr ihn verloren habt.« Belinda meint das aus ganzem Herzen. »Wir haben schon viele verloren, doch das hier ist ganz anders, so hinterhältig und feige, wer auch immer das war, ist ein Feigling. Ich werde ihn dafür zur Rechenschaft ziehen.« Als er sie jetzt wieder ansieht, erkennt Belinda, dass er das wirklich tun wird. Ihr ist klar, dass er nicht immer der zärtliche Mann ist, der er es jetzt im Moment ihr gegenüber ist, sie merkt aber, dass sie diese andere Seite an ihm zu schnell und zu gern verdrängt.

»Meine Männer holen hier gerade eine Lieferung ab. Ich sollte gar nicht hier sein, ich fahre gleich direkt zum Flughafen und muss für einige Tage nach Kalifornien, wo sich Artur um unsere Geschäfte gekümmert hat und muss einiges klären.« Belinda weicht ein klein wenig zurück. »Ich bin nur wegen dir hergekommen, ich wusste nicht einmal, ob du überhaupt noch da bist. Wie sind deine Pläne?«

Belinda ist überrascht über seine Worte, doch ihr Herz schlägt augenblicklich schneller. »Ich weiß es nicht, gestern wollte ich mir noch Rückflugtickets besorgen, doch mein Vater stand plötzlich vor meinem Hotel ...«

Diese Neuigkeit scheint auch Vidal zu überraschen. »Er hat hinter meinem Rücken einen Vaterschaftstest gemacht.« Belinda ärgert sich immer noch darüber, doch Vidal lacht leise. »Er weiß jetzt, dass ich seine Tochter bin und plötzlich will er mit mir reden. Er sagt, dass meine Mutter ihm viel bedeutet hat und dass er mir alles erzählen möchte. Ich soll mich noch einmal mit ihm treffen ...«

Vidal nickt, wobei er sie automatisch enger umfasst. »Du bist extra wegen ihm hergekommen, Belinda. Vielleicht hat er zuerst falsch reagiert, doch wenn er sich noch einmal mit dir treffen möchte, dann tu das. Du kannst dann immer noch entscheiden, was du tun möchtest, doch diese Chance solltest du euch beiden noch geben, nachdem du so viel dafür getan hast. Ich bin nur ein paar Tage weg und ich würde mich freuen, wenn du danach noch hier bist.«

Belinda legt den Kopf schief und sieht ihn provokant fragend an, auch wenn diese kleine Bemerkung von ihm sie innerlich aufjauchzen lässt. »Ach, möchtest du das? Nur einmal … oder öfter? Hast du da schon gewisse Vorstellungen?« Vidal weiß, dass sie ihn aufzieht, er lächelt, doch sein Blick bleibt ernst. »Ich weiß es ehrlich gesagt nicht, so kenne ich mich selbst nicht, aber ich weiß, dass ich mir wünschen würde, dass wenn ich wiederkomme, du hier bist. Wir könnten auf mein Boot und für ein paar Tage verschwinden und herausfinden, worauf genau das zwischen uns hinausläuft.«

Belindas Hand geht zu seinem Hals, mit ihrem Finger zeichnet sie langsam die Buchstaben LP nach, dann nickt sie. »Okay, ich werde meinen Vater noch einmal treffen und wenn du wiederkommst, bin ich da. Aber ich kann dir nicht versprechen, dass ich noch sehr viel länger hier bleiben werde, Vidal.« Es wird draußen lauter und sie sehen, dass die Männer mit einigen Kisten wiederkommen. Vidal nähert sich ihr noch einmal mit seinen Lippen.

»Das musst du auch nicht. Solange ich weiß, dass du da bist, wenn ich wiederkomme, reicht das, alles andere sehen wir dann.« Er küsst sie und dieses Mal will Belinda diesen Kuss am liebsten gar nicht beenden. Ihre Hände wandern unter sein Shirt auf seine warme Haut und sie hören erst auf, als vorn die Tür geöffnet wird.

Belinda lacht und verlässt schnell das Auto, doch Vidal schließt hinter ihr die Tür nicht, sondern sieht ihr hinterher und lächelt, als sie sich noch einmal umdreht. »Versprochen?« Sie nickt und ihr Herz flüstert Belinda leise zu, dass sie zu unvorsichtig ist und dass sie sich schon längst verliebt hat.

»Versprochen, ich bin da.«

Kapitel 14

»Manchmal wünschte ich, ich hätte deinen Mut. Ich könnte einfach alles was ich habe zusammenpacken und von hier verschwinden, Puerto Rico hinter mir lassen und alles was hier passiert ist vergessen, einfach ganz neu anfangen.«

Belinda lacht leise und wirft Camilla eines ihrer Shirts zu. »Ich bin nur kurz hier, Camilla, so mutig bin ich nicht, glaub mir!« Zwei Tage ist es jetzt her, dass Vidal nach Kalifornien geflogen ist. Keiner von ihnen beiden hat daran gedacht, die Handynummern auszutauschen, doch vielleicht ist das gar nicht so schlecht, so baut sich eine gewisse Spannung auf, bis sie sich wiedersehen.

Camilla war gestern wieder arbeiten, sie hatte sich die Tage zuhause eingesperrt und das auch gebraucht. Langsam hat sie sich von dem Schrecken erholt, zumindest merkt man ihr nicht mehr an, was sie mit angesehen hat. Sie hat auch nichts mehr von Dante gehört. Er hat einmal angerufen und versucht, sie auf der Arbeit zu erreichen, doch mehr kam nicht.

Belinda hat auch vollkommen vergessen, Vidal in der kurzen Zeit, die sie sich gesehen haben, danach zu fragen, doch sie kann sich nur vorstellen, dass es seinen Grund hat, warum Dante solch einen Abstand zu Camilla hält.

Camilla ist davon überzeugt, es liegt an ihrem Geständnis, dass sie erst nach ihrer Hochzeit sexuellen Kontakt zu einem Mann haben wird und auch daran, wie sie ihn, nach dem sie Artur gefunden hat, angeschrien hat. Belinda muss ihr da einfach widersprechen. Sie hat gesehen, wie Dante Camilla ansieht, wie verliebt er in sie ist und ist überzeugt davon, dass sich all das aufklären wird. Es war die Beerdigung, zudem ist Dante sicherlich immer noch nicht ganz fit mit seiner Schusswunde. Sie hat ja auch an Vidal gemerkt, dass sie alle gerade viel zu tun haben.

Nach der Arbeit gab es gestern wieder diese kleine Feier auf den Dächern der Lagerhallen. Camilla und Belinda haben es sich dort gut gehen lassen, Belinda hat noch nie besser gegessen, als diesen frischen gegrillten Fisch und das Obst aus aller Welt. Sie liebt das bunte Durcheinander der Sprachen und Kulturen. Fast die ganze Nacht haben sie auf den Dächern verbracht, gegessen und sich die Geschichten der Männer angehört, zu deren Leben es gehört, mehrere Wochen hintereinander auf See zu bleiben.

Danach hat Camilla bei ihr geschlafen. In der Nacht hat Belinda bemerkt, das Camilla sehr unruhig schläft. Die Bilder von Artur haben sie nicht nur diese Nacht verfolgt, wie sie Belinda gerade gestanden hat. Belinda hat es zwischenzeitlich geschafft, ihre Kleidung zu waschen und gibt Camilla eine Shorts und ein Shirt. Sie selbst zieht ein schwarzweiß gestreiftes Top und einen langen schwarzen Rock an.

Camilla hat mit ihren schönen Locken, die ihr bis auf die Schultern fallen, nicht viel zu tun, während Belinda mindestens zehn Minuten ihre wilde Mähne zu bändigen versucht. Am Ende bindet sie sich wieder einfach nur einen strengen Zopf nach hinten, schminkt sich leicht und erst gegen Mittag verlassen sie zusammen Belindas Hotel. Pablo, der gestern mit ihnen zusammen auf den Dächern gefeiert hat, hat ihnen gesagt, sie können später kommen, da momentan eh nicht sehr viel los ist.

Sie besorgen sich Croissants und Kaffee und schlendern zusammen zum Hafen. Es ist schönes Wetter, ihnen kommen einige Leute entgegen, die sie kennen, aber statt zu grüßen, werden ihnen komische Blicke zugeworfen. Camilla sieht an sich herunter. »Stimmt irgendetwas nicht?« Belinda zuckt noch die Schultern, doch im selben Moment sieht sie es.

Die Terrasse von ihrem Café Casita ist vollkommen verwüstet. Es sieht aus, als wäre ein Sturm darüber hinweggefegt, doch das kann nicht sein. Vor den Treppen zur Terrasse hoch ist ein großer runder Kreis mit einem X aufgesprüht. »Was? ….« Sie sehen, wie alle, die vorbeigehen, einen weiten Bogen um das Café machen und rennen los. »Pablo!«

Alles auf der Terrasse ist umgeworfen. Camilla ruft nach Pablo, sie versuchen in den Laden zu kommen, doch auch darin wurde alles auseinandergenommen und sie müssen zusammen erst einen Tisch beiseite schieben, um in den Laden zu gelangen. »Oh mein Gott, was ist hier passiert?«

Nichts steht mehr dort wo es war, alles ist herumgeworfen, sie vernehmen ein leises schmerzvolles Stöhnen aus dem hinteren Teil und eilen dahin. Genau zwischen der offenen Tür zwischen Küche und Theke liegt Pablo. Er blutet aus einigen Wunden, man sieht ihm an, dass er einige Schläge einstecken musste. Belinda hebt vorsichtig seinen Kopf, während Camilla nachsieht, ob er schwerere Verletzungen hat. »Pablo? Pablo, kannst du uns hören? Wer war das? Was ist passiert?«

Offensichtlich hat er keine schlimmeren Verletzungen. Als er sich aber aufsetzen will, stöhnt er auf. »Er muss zum Arzt, er sollte geröntgt werden.« Pablo stammelt etwas. Man versteht kaum ein Wort. »Haben … Ich … Nichts … Verraten … Ihr … Suchen … Euch.« Er deutet auf ein paar Blätter, die auf dem Boden liegen und Belinda greift nach ihnen. Camilla holt ein Glas mit Wasser für Pablo.

»Was?« Belinda sieht auf einige Blätter, auf denen Fotos von Camilla und ihr abgebildet sind, sie müssen gestern gemacht worden sein, man erkennt ihre Gesichter genau. Darunter steht, dass jeder, der sie beide ausschaltet, eine Belohnung und die Aufnahme in einer Familia erwartet. Es ist die Adresse des Cafés angegeben.

»Was soll das sein?« Sie reicht erschrocken die Bilder an Camilla weiter, im gleichen Moment hören sie Reifen quietschen und Dantes vertraute Stimme. »Verdammte Scheiße! Camilla? Belinda?

Keine Sekunde später stehen Dante, Benito und Vidals bester Freund Aaron im Raum und sehen zu ihnen. Hinter ihnen kommen weitere Männer in den Raum. »Mist, wir sind zu spät. Geht es euch gut? Helft Pablo auf, er muss zum Arzt. Fehlt euch etwas? Hat euch jemand angefasst?« Dante kommt zu ihnen und nimmt besorgt Camillas Gesicht in seine Hände. Als er sie küsst, sieht Belinda zur Seite, er hat sich offenbar Sorgen gemacht und wusste, dass etwas passiert ist. Aber woher wusste er es und was bedeuten diese Blätter?

Zwei Männer kommen und helfen Pablo hoch, der schmerzvoll aufstöhnt. »Bringt alle hier raus und ruft Vidal an. Sagt ihm, dass alles in Ordnung ist und dass wir auch Belinda haben.« Sie verstehen gar nichts mehr, auch Camilla reagiert nicht auf Dantes Küsse, sondern zeigt ihm verwirrt die Blätter. »Was ist hier los? Was bedeutet das? Wir sind heute später zur Arbeit gekommen, sonst hätten wir sicherlich auch etwas abbekommen, und wieso hilft niemand und alle laufen nur vorbei?« Belinda und Camilla stolpern neben Dante und Benito nach draußen. Als Belinda fast über einen Stuhl fällt, greift Aaron nach ihrem Arm und gibt ihr Halt.

Sie alle gehen vor das Café, sogar ein paar Meter davon entfernt, erst dann sieht sich Dante die Blätter an, flucht, zerknüllt sie und kickt sie sauer weg. Pablo geht es nicht gut, zwei Männer setzen sich mit ihm in eines der drei vor dem Café stehenden Autos. »Bringt ihn zu einem Arzt. Ich komme später zu dir, Pablo, wir kommen für alle Schäden auf und sorgen dafür, dass so etwas nicht noch einmal passiert, mach dir keine Sorgen. Ich komme später nach.« Der Wagen fährt sofort los, nachdem

Dante Pablo gut zugeredet hat, erst dann wendet sich Dante an sie.

»Wir haben auch erst heute davon erfahren. Seit Arturs Tod suchen wir nach den Mördern. Das müssen diejenigen, die dafür verantwortlich sind, erfahren haben und bekommen langsam Panik. Sie wissen aber, dass wir im Dunkeln tappen und nur Camilla den Mörder gesehen hat. Deswegen haben sie dich zum Abschuss freigegeben. Sie müssen euch beide kennen und wissen, wie oft ihr zusammen seid und haben Belinda auch gleich auf die Liste gesetzt, um ganz sicher zu gehen, dass auch niemals jemand den Mörder von Artur identifizieren kann.

Sie könnten es sicher auch selbst erledigen, doch so ist es sicherer für sie. Ihr seid freigegeben für alle Idioten, die gerne zu einer Familia gehören möchten. Es wird einige geben, die das erledigen würden und dann darauf warten, dass sich die Familia bei ihnen meldet. Der rote Kreis bedeutet, dass es sich hier um eine Familia-Angelegenheit handelt und niemand sich einmischen darf, deswegen sind auch alle vorbeigelaufen, die Leute trauen sich nicht einzugreifen.«

Camilla stemmt die Hände in die Hüften. »Ist das dein Ernst? Wir sind einfach so zum Ermorden freigegeben worden? Belinda hat doch gar nichts gesehen. Und was hat Pablo damit zu tun und wieso …? Ich dachte, diese ganze Sache findet ein Ende? Wer weiß alles davon?«

Benito hat die ganze Zeit eine Waffe in der Hand und sieht sie ernst an. »Diese Neuigkeiten und Blätter verbreiten sich schnell, mittlerweile werden alle davon erfahren haben, ihr seid momentan nirgendwo sicher. Es sieht eher so aus, als hätte diese Geschichte noch nicht einmal richtig begonnen. Wir haben schon einige Bilder zusammen, die du dir ansehen solltest, Camilla. Vielleicht erledigt sich so alles, wenn du den Schuldigen findest. Dazu werden wir verbreiten, dass ihr zu uns gehört und somit werden die Leute sich nicht mehr an euch rantrauen, wir kümmern uns darum. Am besten, ihr kommt jetzt mit zu uns, du Camilla kannst ...«

Alle wenden sich um, als laut zwei schwarze Autos vorgefahren kommen. Sie sind schnell unterwegs und halten schlitternd vor ihnen. Dante und Benito stellen sich sofort schützend vor sie, sie kennen die Autos vielleicht. Die Türen öffnen sich augenblicklich, doch es dauert einen kurzen Augenblick, bis Belinda erkennt, wer da alles aussteigt, doch nachdem sie das sieht, stockt sie erneut.

Alejandro, Roman, Ponce und zwei weitere Männer steigen aus, sie alle haben Waffen in der Hand und zielen auf Dante und die anderen Männer. Belinda stockt, als sie die Leute wiedersieht, auf die sie bei ihrem Vater getroffen ist. Nun weiß sie ja, dass sie ihre Brüder sind, obwohl vor allem zu Alejandro die Ähnlichkeit eigentlich kaum zu übersehen ist. Auch wenn Dante und alle Los Puentes sehr gefährlich wirken, muss sie zugeben, dass selbst ihr beim Anblick der Männer, die auf sie zukommen, ihr Blut gefriert. »Nimm die Finger von ihr, du Bastard!«

Belinda spürt den Blick von Alejandro auf sich und sieht, dass er auf ihren Arm starrt, den Aaron mit seiner Hand umfasst hat, sicherlich, um sie sofort aus der Gefahrenzone zu bringen, sollte etwas sein. »Einen Scheiß werden wir tun, was wollt ihr von ihnen? Die beiden stehen unter unserem Schutz. Willst du mir erzählen, dass ihr für die Aktion mit Artur verantwortlich seid und die Regeln gebrochen habt?«

Dante spuckt die Worte Alejandro förmlich vor die Füße, während gleichzeitig auch der Mann mit der Augenklappen aus dem Auto steigt. Er stellt sich aber an die Autotür, bleibt dort grinsend stehend und überblickt alles. »Was für ein Treffen!« Belinda macht sich langsam von Aaron los. Sie spürt, dass nicht mehr viel fehlt und die Situation eskaliert. Sie will an Dante und Benito vorbei nach vorn. »Ähmm, ich ...«

Ein Blick in Alejandros Gesicht und sie erkennt, dass er gleich ausrastet. »Sie steht unter eurem Schutz? Willst du mich verarschen? Du wirst meine Schwester nur über meine Leiche unter deinen Schutz stellen. Als würden wir uns für einen von euch die Hände schmutzig machen. Wir sind hier, weil wir gerade davon erfahren haben, dass unsere Schwester, von der wir erst seit gestern wissen, gesucht wird ... Und Dante, sag Vidal, gnade ihm Gott, wenn ich erfahre, dass meine Schwester wegen euch in Gefahr ist.«

Belinda ist stehengeblieben, sie hört diese Worte und ihr Gefühlsleben fährt Achterbahn. Seine Schwester? Belinda hätte sich nicht erträumen lassen, dass jemand sie jemals so nennen wird. Doch gleichzeitig spürt sie den Hass zwischen den Männern und ihr wird ganz schlecht. Selbst Camilla ist komplett still, und nun sieht Dante sie verwirrt an. »Du gehörst zu den Cinco Sombras? Das sind deine Brüder?« Er zeigt auf Alejandro und die anderen, Roman lehnt sich an eines der Autos. »Und Cousins und wenn du noch einmal ein Wort mit ihr wechselst, weißt du was passiert.«

Belinda sieht ihm in die grünen Augen und dann zu Dante. »Ich habe sie erst vor einigen Tagen gefunden. Ich weiß nicht, was Cinco Sombras bedeutet, aber offenbar sind das einige meiner Brüder, ich habe meinen Vater selbst erst zweimal getroffen. Vidal ...«

Alejandro tritt vor und deutet auf das Auto. »Das reicht, rede nicht von diesem Hund. Steig ein, ich soll dich zu unserem Vater bringen, er ist gerade auf dem Rückflug!« Der Mann mit der Augenklappe lacht und schüttelt den Kopf. »Oh Mann, ein paar Tage in Puerto Rico und schon verbündet sich eure kleine Schwester mit dem Feind! Das kann ja noch was werden.«

Belinda sieht zu ihm. »Wieso Feind? Ich weiß gar nicht, wovon hier alle sprechen.« Der Mann mit der Augenklappe lacht auf. Dante fährt sich durch die Haare, offensichtlich sind alle von diesen Neuigkeiten geschockt.

»Steig ein, unser …« Belinda sieht zu Alejandro. »Unser Vater? Also ich kenne ihn erst ein paar Tage und zuerst wollte er nichts von mir wissen. Ich weiß nicht, wieso er denkt, dass ich jetzt auf einmal seinen Schutz brauche, aber das werde ich ihn selbst fragen.« Auch wenn sie Alejandro noch nicht gut kennt, geht sie zum Auto, bevor hier alles eskaliert. Selbst wenn sie kaum etwas von dem versteht, worum es hier geht, spürt sie doch, dass es ganz knapp davor ist, dass sich alle hier angreifen. Sie wird zu ihrem Vater fahren und sich alles erklären lassen, alles was hier vor sich geht und dann wird sie mit Vidal reden und …

»Die heiße Frau von den Plakaten, die überall aushängen, ist eure Schwester? Scheiß Mann, Alejandro, jetzt kommen harte Zeiten auf euch zu.« Einer der Männer hinter Alejandro, den Belinda noch nicht kennt, lacht und sieht zu ihr. Alejandro tritt zu ihr und hält ihr die Tür auf. Er blickt ihr wütend in die Augen und Belinda legt den Kopf etwas schief.

Wieso ist er sauer auf sie? Sie hat doch nichts Falsches getan. »Steig jetzt ein.« Trotz seiner wütenden Blicke sind seine Worte leise und nicht ganz so hart, wie er mit Dante und den anderen geredet hat.

Camilla tritt vor. »Ruf mich nachher an, okay? Ich werde mir die Bilder ansehen und versuchen, dass wir das so schnell wie möglich hinter uns haben.« Belinda nickt und Alejandro seufzt genervt auf. »Wer ist das jetzt wieder?« Belinda kommt gar nicht dazu zu antworten, da stellt sich Dante schon neben Camilla. »Sie gehört zu mir!« Alejandro schnalzt die Zunge, nun, da er so nah bei Belinda steht, kann sie die komplette Tätowierung auf seinem Arm erkennen. 'Cinco Sombras'. Was bedeutet das?

»Der einzige Grund, warum ihr alle noch lebt, ist, dass ihr nicht wusstet, dass sie unsere Schwester ist, jetzt wisst ihr es. Erkläre du deiner Freundin, was unsere Feindschaft bedeutet und ich kümmere mich darum, dass meine Schwester erfährt, wer ihr wirklich seid.«

Zu Belindas Verwunderung nickt Dante nur genervt. Der Blick, den er ihr jetzt schenkt, hat nichts mehr von dem, was noch vor wenigen Minuten war. Hat nur die Tatsache, wer ihre Brüder sind, alles geändert? Was ist hier los? Belinda versteht gar nichts mehr. Sie sieht, wie sich alle Mitglieder der Los Puentes abwenden und zu ihren Autos gehen. Dante redet auf Camilla ein, die sich besorgt nach ihr umsieht.

Sie muss an Vidal denken und an ihr Versprechen, da zu sein, wenn er zurückkommt. Ein inneres Gefühl sagt ihr, dass das jetzt nicht so einfach gehen wird. Roman geht an ihr vorbei, dabei sieht sie auf eine Tätowierung auf seinem Arm, die sie vorher nicht bemerkt hatte, 24-06-2005 und ein Kreuz. Dieses Datum hat auch Vidal als Erinnerung auf seinem Körper verewigt, was ist hier los? Was ist damals passiert?

»Vergiss die, Belinda, wir müssen weg, du bist hier nicht mehr sicher.« Das erste Mal sagt einer der anderen etwas zu ihr, auch er hat eine gewisse Ähnlichkeit mit ihr. Da sie Ponce und Alejandro ja schon kennt, muss das Santos sein. Sie versucht sich ihre Unsicherheit nicht anmerken zu lassen, auch wenn sie alle Augen auf sich gerichtet spürt.

»Ich möchte mit meinem Vater reden, ich verstehe nicht, was hier los ist.« Sie versteht nicht, wieso jetzt alle denken, dass sie über Belinda bestimmen oder ihr etwas vorschreiben könnten, doch das wird sie mit ihrem Vater klären.

Alejandro nickt nur, er wirkt immer noch wütend und als sie endlich einsteigt, knallt er die Tür zu und setzt sich vor sie auf den Fahrersitz. Roman setzt sich neben sie und grinst sie freundlich an. Belinda sieht noch einmal auf das Datum auf seinem Arm.

»Alena freut sich schon, nicht mehr die einzige Frau zu sein, deine Cousine kann es nicht erwarten, dich kennenzulernen.« Belinda streicht sich über die Stirn. Das alles ist zu viel für sie, sie weiß nicht, wohin mit ihren Gefühlen und Fragen.

Sie spürt Alejandros wütenden Blick durch den Rückspiegel auf sich und Ponce, der neben ihm sitzt, wendet sich zu ihr um, als sie losfahren. Er muss fast so alt wie sie sein, vielleicht etwas jünger.

»Ich habe gehört, du bist hergekommen, um deine Familie zu finden. Herzlichen Glückwunsch, du hast es geschafft und du hast nicht nur eine Familie, sondern auch eine Familia.«

Nach all dem, was die letzten Minuten passiert ist und wenn man die Tatsache bedenkt, dass sie gerade dabei zusehen musste, wie sich Dante und Alejandro fast umgebracht hätten, hört sich das sehr belustigt an und so ist es auch gemeint, Ponces Grübchen auf seinen Wangen zeigen ihr das nur allzu deutlich.

Er lacht leise über ihren sicherlich immer noch vollkommen geschockten Gesichtsausdruck.

»Willkommen zuhause, Belinda!«

Lesen Sie weiter in ...

Jaliah J.

El Puerto

DER HAFEN

GELIEBTER FEIND

El Puerto – Der Hafen
Geliebter Feind

Leseprobe:

Belinda wendet sich ab und schließt einen Augenblick die Augen. Es fällt ihr so schwer, plötzlich wieder so viel von ihrer Mutter zu reden. Ihr Vater räuspert sich und Belinda lässt ihren Blick schweifen bei der herrlichen Aussicht, die sie von dieser riesigen Terrasse haben. Sie sieht auf einen großen Garten, einen Pool und einen gefliesten Weg, der direkt zum Meer führt. Der Sand dort ist weiß, das Wasser wirkt türkisblau.

Es gibt einen Steg, an dem mehrere Boote und kleine Jachten liegen. Zwei Männer mit Maschinengewehren sind darauf und vertreiben sich mit einem Brettspiel die Zeit an einem Tisch, ansonsten ist der Strand leer.

»Sie wollte dich wegen all dem von mir fernhalten, und auch wenn du es nicht verstanden hast, war es wahrscheinlich besser so. Selbst für meine Söhne wünsche ich mir oft ein anderes Leben, auch wenn ich weiß, dass sie es lieben. Doch es ist nicht immer leicht, dich hier aufwachsen zu sehen, hätte deine Mutter um den Verstand gebracht. Sie musste den Kontakt ganz abbrechen, ich hätte es nicht ausgehalten zu wissen, wo ihr seid und euch nicht zu mir zu holen, dafür habe ich deine Mutter zu sehr geliebt. Jetzt begreife ich auch langsam, dass sie das wusste, sie wusste wie sehr ich sie liebe.«

Belinda dreht sich zu ihrem Vater um. »Wenn ich diese Bilder nicht gefunden hätte und den Brief, hätte ich das niemals erfahren. Ich habe niemanden mehr, keine Verwandten, nichts. Das kann es doch nicht gewesen sein, was meine Mutter wollte?« Ihr

Vater sitzt auf einem Stuhl und sieht Belinda an, dabei hält er eines der Bilder von sich und ihrer Mutter in der Hand.

»Ich habe deine Mutter damals auf einer Messe in New York kennengelernt. Ich war Anfang zwanzig und habe mit meinem Vater einige Kontaktmänner besucht, mit denen wir später Geschäfte aufbauen wollten. Wir waren damals vier Brüder und haben meinen Vater immer begleitet, deswegen haben uns alle Cinco Sombras genannt. Der Name ist bis heute unser Familia-Name geblieben, denn in dieser Zeit ist all das hier, was du jetzt siehst, gewachsen und entstanden.

Damals hatten wir noch nicht viel, aber wir haben hart gearbeitet. Deine Mutter war mit ihrer Abschlussklasse dort und das schönste ... Ich meine ich habe niemals in meinem Leben etwas schöner als deine Mutter gesehen, niemals, bis ich dich gesehen habe.«

Belinda spürt, dass sie rot wird, trotzdem hört sie ihrem Vater weiter zu. Das ist es doch, was sie immer wollte: Antworten darauf, was damals passiert ist. »Ich war zwar noch jung, aber ich hatte bereits eine Frau, bei uns war das damals üblich, dass man mit achtzehn heiratet, manchmal sogar noch früher. Ich habe meine Frau immer sehr gemocht, sie war eine gute Frau und hat mir meine Söhne geschenkt, doch was wirkliche Liebe ist, wusste ich nicht, bis ich deiner Mutter in die Augen gesehen habe.

Ich habe sie angesprochen, auch wenn ich wusste, dass ich es nicht hätte tun sollen, Alejandro war gerade zwei Jahre und Santos ein paar Wochen alt. Aber ich konnte nicht anders, ich und meine Brüder haben deine Mutter und zwei ihrer Freundinnen in ein Restaurant ausgeführt.« Ihr Vater lächelt und sieht auf das Bild. »Ihre Freundinnen haben ohne Punkt und Komma geredet, wir haben kaum englisch gesprochen, sie kein spanisch, nur deine Mutter konnte etwas spanisch, doch sie saß den ganzen Abend ruhig da und hat alles beobachtet.

Ich war fasziniert von ihr, doch da sie ja nicht einmal richtig mit mir gesprochen hatte, wusste ich nicht, ob sie mich wiedersehen wollte, zudem hatte ich ja meine Frau zuhause. Ich habe ihr meine Handynummer gegeben und sie gebeten mich anzurufen. Ich habe ihr versucht zu erklären, dass ich sie gerne wiedersehen möchte, aber ich weiß nicht, ob sie all das wirklich verstanden hat. Dann war ich zurück in Puerto Rico und habe mich darum gekümmert, die Geschäfte für die Familia aufzubauen.

Ich habe immer wieder an sie gedacht, auch wenn ich nicht daran geglaubt habe, dass ich sie jemals wiedersehen werde. Doch dann ungefähr zwei Monate nach der Messe, kam der Anruf von ihr. Ich war überrascht. Sie hat mir erzählt, dass sie und eine Freundin nach dem harten Unijahr Urlaub machen wollten und dass sie daran gedacht haben, diesen in Puerto Rico zu verbringen. Ich habe mich wahnsinnig gefreut, deine Mutter wiederzusehen. Ich hatte wirklich noch nicht viel, doch ich habe alles getan, was ich konnte, um deiner Mutter unvergessliche zwei Wochen zu bereiten.

Ich habe ihr ein Hotel gemietet und ihr Puerto Rico gezeigt. Am Anfang waren wir immer zu dritt, doch nach ein paar Tagen hat sich ihre Freundin einen Mann geschnappt und ich und deine Mutter waren alleine, es waren die schönsten Tage meines Lebens. Ich werde sie nie vergessen. Abends sind wir immer ins El Borro gegangen, daher die Bilder. Wir sind uns auch näher gekommen, doch da ich wusste, dass es für deine Mutter nur ein Urlaub ist und ich keine Hoffnungen hatte sie wiederzusehen, habe ich ihr nicht gesagt, dass ich verheiratet bin.

Es war schwer, sie nach diesen Tagen wieder gehen zu lassen, auch ihr habe ich das angemerkt. Wir haben danach täglich miteinander telefoniert und bald hat auch meine Frau alles mitbekommen. Ich konnte sie nicht anlügen und habe ihr gesagt, dass ich mich verliebt habe, ihr alles von deiner Mutter erzählt, obwohl ich wusste, dass ich und sie keine Zukunft haben. Meine Frau hat mich daraufhin verlassen und ist zu ihrer Tante gezogen. Ich habe die beiden Jungs immer gesehen und weiter Kontakt zu deiner Mutter gehabt, doch das hat mir nicht gereicht.

Ich war noch jung und egoistisch, ich habe es irgendwann nicht mehr ausgehalten und den Kontakt abgebrochen, weil ich testen wollte, ob sie mich bereits so liebt wie ich sie.« Ihr Vater lächelt und Belinda schluckt die Tränen herunter, sie hat mit allem gerechnet, aber nicht mit solch einer Geschichte.

»Zwei Wochen hatten wir keinen Kontakt und dann stand sie weinend am Flughafen und hat mich gebeten sie abzuholen. Ich weiß noch bis heute, was es für ein Gefühl war, sie im Arm zu halten. Von dem Zeitpunkt an habe ich sie auch nicht mehr losgelassen. Weißt du, dass deine Mutter hier gelebt hat?« Belinda streicht sich eine Träne weg und schüttelt den Kopf. »Nein, ich weiß gar nichts über diese Zeit.«

Ihr Vater sieht ihr in die Augen und sie sieht darin Schmerzen. »Wir haben uns eine Wohnung genommen, ihre Familie hat den Kontakt zu ihr abgebrochen, meine war auch dagegen. Deine Mutter hat von meiner Frau erfahren, von meinen Geschäften, wir haben alles überstanden, es gab nur sie und mich. Sie ist zu meinem Leben geworden. Deine Mutter ist hier zum College gegangen, hat noch besser spanisch gelernt, ich habe für uns gesorgt, es war fast ein Jahr, in dem all das gut ging.

Wenn ich heute noch daran denke, kann ich nicht glauben, wie glücklich ich mal war. Ich liebe vieles an meinem Leben, doch das war wirklich meine schönste Zeit, weil deine Mutter alles für mich war. Damals waren wir oft im Belinda. Ich habe ihr einen Antrag gemacht und sie hat sofort ja gesagt. Die Geschäfte mit der Familia liefen immer besser, was aber auch bedeutete, dass es immer gefährlicher wurde. Deine Mutter wusste, was ich tue, doch sie hat es nie gut gefunden und versucht, es zu verdrängen.

Es waren so viele größere Familien damals, die sich alle etwas vom Kuchen nehmen wollten, und langsam begannen die Kämpfe. Glaub mir, es war noch gar nichts, was deine Mutter mitbekommen hat, erst einige Jahre später ist es vollkommen eskaliert, doch es war genug, um deiner Mutter einen Einblick zu geben, was noch alles auf sie zukommt. Zwei meiner Brüder sind getötet worden, mein Vater ist im Gefängnis gelandet, wir konnten tagelang nicht auf die Straße und mussten ständig umziehen, weil uns damals noch die Polizei gejagt hat.

Zu der Zeit muss deine Mutter gemerkt haben, dass sie schwanger ist. Ich wusste es nicht, Belinda, das musst du mir glauben. Ich hätte dich und deine Mutter niemals gehen lassen. Wenn ich dich jetzt ansehe … Deine Mutter war mein Leben, unsere Liebe etwas ganz Besonderes. Du bist alles beste von mir und alles beste von ihr, du bist das Beste, was aus unserer Liebe entstanden ist, ich hätte dich …«

Belinda kann nicht mehr, sie beginnt zu weinen. Ihr Vater steht auf und kommt zu ihr. »Ich verstehe nicht, wieso sie gegangen ist. Wieso, wenn sie dich doch so geliebt hat und das muss sie, sie hatte niemals wieder einen Mann nach dir, niemals, es gab immer nur mich in ihrem Leben.« Ihr Vater schließt einen Augenblick die Augen. »Ich weiß es nicht, auch wenn du die einzige Antwort bist, die alles erklären kann. Ich erinnere mich an die letzte Nacht wie heute. Mitten in der Nacht ist sie wachgeworden, hat zu weinen begonnen und ist die ganze Nacht fest in meinen Armen geblieben. Sie hat mir geschworen, dass sie mich immer lieben wird und ich habe ihr gesagt, dass sie mein Leben ist. Ich habe mir damals nichts dabei gedacht …

als ich am nächsten Tag am Nachmittag kam, war sie weg, alles war weg.

Ich habe sie tagelang gesucht, erst war ich verzweifelt, dann wütend. Ich wusste natürlich, dass das Leben mit mir gefährlich ist, doch ich habe nie verstanden, wieso sie gegangen ist. Unsere Liebe war das Wichtigste für sie, bis du kamst. Du bist … Unsere Liebe und sie wollte dich schützen vor der Welt, in der ich lebe. Du hattest eine sichere und unbeschwerte Kindheit.

Auch wenn es mich damals fast umgebracht hat, sie zu verlieren, erkenne ich jetzt, dass sie das Richtige getan hat. Ich war so wütend, dass ich zu meiner Frau zurückging. Ponce ist nur ein halbes Jahr jünger als du. Ich liebe meine Söhne über alles und auch das Leben hier, die Familia, aber deine Mutter war immer mein Leben, mein Herz. Sie zu verlieren war schlimmer als alles andere. Doch jetzt, wo du vor mir stehst, verstehe ich sie langsam und weiß, dass sie richtig gehandelt hat.«

Belinda weint immer mehr und ihr Vater nimmt sie in seine Arme. Es ist zu unwirklich. Wie oft hat sie sich gewünscht, bei ihrem Vater zu sein, und jetzt legt sie ihren Kopf an seine starke Brust und er küsst ihren Kopf. »Ich vermisse sie, ich habe doch niemanden außer sie, sie fehlt mir so sehr.« Endlich kann Belinda über ihre richtigen Gefühle sprechen. Ihr Vater hält sie fest im Arm.

»Mir auch, Belinda und ich kann nicht glauben, dass sie tot ist und ich sie nicht noch einmal sehen kann. Aber weißt du was?« Er zeigt zum Himmel und streicht Belinda eine Träne von der Wange. So nah beieinander sieht man die Ähnlichkeit zwischen ihnen noch mehr und ihr Vater lächelt.

»Ich bin mir ganz sicher, dass sie jetzt von oben auf uns herabsieht und glücklich ist, sie hat dich lange genug geschützt und sich um dich gekümmert. Jetzt bin ich da, um das zu übernehmen. Du bist unsere Liebe, und wenn ich dich ansehe, erkenne ich so vieles von ihr und von mir. Ich werde dich mit meinem Leben schützen und versuchen, die letzten Jahre wieder gutzumachen, ich und deine Brüder. Sie müssen sich daran gewöhnen, eine Schwester zu haben, aber auch sie werden dich lieben.«

Belinda würde am liebsten laut auflachen bei dem Blick, den Alejandro ihr immer zuwirft, doch sie sieht ihrem Vater in die Augen. Das war noch nicht alles, sie braucht noch mehr Antworten. Auch wenn sie jetzt schon vollkommen fertig ist, hat sie das Gefühl, erst ein kleines Teil eines großen Puzzles aufgedeckt zu haben.

»Ich verstehe aber immer noch nicht, was wegen Vidal und den Los Puentes ...« Der Blick ihres Vaters versteinert augenblicklich, Hass und Wut spiegeln sich innerhalb von Sekunden in seinem Gesicht wieder, auch wenn er sie weiterhin sanft in seinen Arm hält und ihr einen Kuss auf die Stirn gibt.

»Belinda, du bist eine Sombras, du musst noch viel lernen und verstehen, aber eine Sache musst du wissen. Erwähne diese Namen niemals in diesem Haus, niemals ...

Ab März 2016 im Handel erhältlich

Entdecken Sie die ergreifende Welt von Jaliah J. ...

Das Schicksal hat viele Gesichter, es kann Gutes bringen oder sich deinen Plänen in den Weg stellen. Es ist kein Zufall, dass uns manche Menschen begegnen. Wir lernen und wachsen an unserem Schicksal. Es ist keine Frage, ob dich das Schicksal aufsuchen wird, sondern wie du dann damit umgehen wirst.

Für jeden Menschen stellt sich irgendwann die Frage ...

... Glaubst du an das Schicksal?

- Europa 2064 -

»Früher war so vieles anders!« Der alte Mann mit den grauen Haaren und den vielen Falten im Gesicht sieht erschöpft auf sie alle herab.

Mila lebt in einer Zeit, wo es keine Bedeutung mehr hat, dass sie als Prinzessin geboren wurde. Im Gegensatz zu vielen anderen stört sie das überhaupt nicht. Sie möchte gar keine Prinzessin sein und verzichtet nur zu gern auf dieses Leben, welches sie nur aus Erzählungen kennt. Sie begleitet eine andere Prinzessin in das westarabische Königreich. Mila will nur etwas Spaß haben und die Welt außerhalb Europas kennenlernen.

Sie ahnt nicht, dass diese Reise ihr Leben für immer verändern wird ...

Jaliah J.

Hijas de la luna

Die Legende der Töchter des Mondes

Stell dir vor, du erfährst, dass die Welt, die du eigentlich zu kennen vermagst, nicht das ist, was du all die Jahre dachtest. Wesen, Gefahren und Gefühle existieren, von denen du nicht einmal zu träumen gewagt hast ...

Hijas de la luna - Die Legende der Töchter des Mondes

... und dann erkennst du, dass du schon immer, ohne es zu wissen, ein Teil dieser Welt warst.

www.jaliahj.de

Hope hat einen steinigen Lebensweg hinter sich, ihr großer Halt und Mittelpunkt ihres Lebens ist ihr kleiner Sohn Liam. Sie arbeitet in einem großen Münchener Autohaus, wo sie eines Tages auf Mitglieder der arabischen Königsfamilie trifft. Zwischen Hope und dem Prinzen Farhan besteht sofort eine starke Anziehungskraft und Hope wird in eine traumhafte Märchenwelt getaucht. Es dauert aber nicht lange und sie bemerkt, dass es neben der Märchenwelt eine ganz andere gibt. Sie spürt das erste Mal die Macht der Religionen und unterschiedlichen Kulturen. Die Liebe, die zwischen Farhan und Hope aufblüht, darf nicht sein und es beginnt ein Kampf um die Liebe, bis sich die Frage stellt:

Wie hoch ist der Preis für die Liebe?

www.jaliahj.de